배비장

배비장

민담으로 전해진 에로틱한 해학소설

초판 1쇄 인쇄일 2022년 02월 21일
초판 1쇄 발행일 2022년 03월 01일

지은이 정혁종
펴낸이 양옥매
교　정 조준경

펴낸곳 도서출판 위시앤
출판등록 제2012-000376
주소 서울특별시 마포구 방울내로 79 이노빌딩 302호
대표전화 02.372.1537　**팩스** 02.372.1538
이메일 booknamu2007@naver.com
홈페이지 www.booknamu.com

ISBN 979-11-6752-125-5 (03810)

배비장

민담으로 전해진 에로틱한 해학소설

정혁종 지음

위시앤

〈배비장〉이 출간되기까지 많은 도움을 준 아내(김은주)와

도움을 주신 여러분들, 그리고 출판사 위시앤 직원

여러분께 깊이 감사드립니다.

머리말

✿

한마디로 어른용 배비장이다. 어린이, 청소년들이 읽을 만한 비교적 단순하고 건전한 배비장은 많은 사람들이 알 것이다.

민담으로 전해지는 배비장은 성인용 버전으로 읽는 재미가 쏠쏠하다. 가히 해학소설의 백미(白眉: 가장 뛰어남)로 한번 읽기 시작하면 끝까지 읽어 보고야 만다.

원래 배비장은 작자 미상으로 판소리로 만들어졌다는데, 이후에 누군가에 의해서 당시에 떠돌던 해학적인 이야기들을 혼합하여 전체 작품이 완성되었다고 한다.

대체로 입담 좋은 이야기꾼들이나 작가들은 말이 많고 허풍도 많다 보니, 이런저런 이야기를 하면서 자기가 재미있게 내용을 꾸미면서 덧붙이기도 하고 다른 이야기들을 중간에 삽입하여 흥미를 배가(倍加)시키기도 한다.

그러다 보니 원전이라고 볼 수 있는 배비장의 본 내용은 어떤지는 몰라도 이빨을 뽑히는 이야기(발치拔齒설화: 이빨을 뽑는 내용),

궤짝 속에 들어간다는 이야기(미궤설화美櫃說話), 평양 기생 이야기 등이 어우러져서 어리석고 순진한 배비장을 골탕먹이는 것이다.

조선시대 말기에는 사회가 좀 혼란스러웠다고 한다. 그중에 대표적인 것이 바로 매관매직(賣官賣職: 돈이나 재물을 받고 벼슬을 시킴)이 있었다.

연암 박지원이 쓴 〈양반전〉도 조선시대 후기에 쓰여진 작품으로 강원도 정선에 빚을 많이 진 양반이 동네의 부자에게 양반 신분을 팔고 그 돈으로 빚을 갚았다는 이야기이다. 즉, 양반 신분을 사고 팔았던 것이다.

잠깐 다른 이야기로, 조선시대에 수많은 상민과 노비, 백정 등과 같은 천민 신분의 사람들은 다 어디로 갔을까? 전국에 있는 모든 성씨의 족보를 보면 자기 조상이 상민이었네, 노비네, 백정이네라는 내용은 단 한 줄도 없이 무슨무슨 정승 판서를 지낸 양반 집 가문이다.

가문이 이렇게 업그레이드된 때가 바로 조선시대 후기, 말기, 일제 시대까지 일어난 것이다. 암암리(暗暗裏: 남이 모르는 사이)에 족보를 사고 팔았던 것이다.

배비장이 쓰여진 시기도 이와 같이 조선시대 후기쯤으로, 주인공인 배걸덕이 느닷없이 제주 목사로 어명을 받은 김 경에게 돈을 주고 배비장이 된 것이다.

이어서 제주 목사로 부임하는 김 경을 모시고 내려가면서 온갖 에로틱한 해프닝이 일어나고, 배에서는 풍랑을 만나 죽을 고비도 넘긴다. 제주에 와서는 김 경과 기생 애랑이, 방자가 공모하여 어리석고 순진한 배비장을 온갖 방법으로 골탕을 먹이게 된다.

독자 여러분,
요절복통하고 에로틱한 배비장에 빠져 봅시다.

차례

배비장 (상)

배비장 (하)

1부

배비장
(상)

1. 새우젓 장수 아들

"꼬끼요! 꼬오……."

"새우젓 사려어엉."

어디선가 첫닭 울음소리와 새우젓 사라는 외침이 들리고, 겨울을 재촉하는 바람이 '휘잉'하고 불며 골목 쪽으로 난 영창을 흔들었다.

"새우젓 사려어엉."

그 소리는 가늘게 꼬리를 끌며, 마치 노래를 하듯 점점 가까이 다가오고 사각사각 짚신에 밟히는 이른 새벽의 서리가 '와작, 와작' 살얼음 부서지듯 잘도 들렸다. 바깥은 꽤 추운 모양이었다. 아까부터 선뜻해서 잠이 깨어 달아나고 추워서 오들오들 떨고만 있었던 배걸덕(裵乞德)은 일어나 앉았다. 골은 휘둘리고 띵하며, 창자가 쑤시고 배에서 사뭇 꾸르륵 소리가 요란했다.

"젠장할 이불도 못 덮고 새우잠을 잤어."

그는 간밤 술에 취해서 저녁을 설때린 생각을 했다. 그럴수록 온몸이 걷잡을 수 없게 떨려 왔다. 아랫목을 힐끗 쳐다보니, 함께 왔던 김막동(金莫童)과 삼월이란 이 집 주모가 정신 모르게 자고 있었다.

"흥, 꼬라지 좋게 잘도 잔다."

배걸덕이 혼잣말을 내뱉자마자 새우젓 사라는 소리가 얼마 앞에서 또 들렸다.

"새우젓 사려어엉. 육젓 사려어엉."

걸덕은 벌떡 일어섰다. 해장술 한잔에 안주로 으적으적 김치 쪽을 씹는 것보다는 새우젓 한 젓가락이 먹고 싶어졌다.

걸덕은 어렴풋이 밝아 오는 영창문을 거칠게 열어젖혔다. 젖빛 같은 안개 속의 싸늘하면서도 싱그러운 공기가 코앞을 스쳤다. 하지만 새우젓 장수의 모습은 보이지 않고 이 집 저 집에서 찾는지, '예, 예.' 하는 소리만 났다.

"여보, 새우젓 장수. 한 사발 삽시다."

걸덕은 어스름 속을 향해서 소리 질렀다. 그제야 짙은 안개와

서리가 뽀얗게 내린 골목 어귀에 어른어른 새우젓 장수의 모습이 보였다.

"어이 춥다! 해장 생각이 나면 목로 방에 나가 부를 것이지, 여보게 문 좀 닫아 줘."

"추워요."

막동이가 이불 속에서 얼굴도 내밀기 싫은지 상투 끝만 겨우 내밀고 핀잔을 주더니, 덩달아 삼월이도 바스락거리는 소리를 내며 한마디 했다.

곧이어, 이불 속에서 년놈의 킬킬거리는 웃음소리가 들렸다. 막동이란 놈의 손이 계집의 어떤 곳을 만졌으리라.

"크흥!"

걸덕은 코웃음을 치며 얄미운 생각이 들어 열어젖힌 창문을 그대로 내버려 두었다.

'계집 싫은 놈이 어디 있어? 술은 누가 샀는데, 고년이 백수건달 막동이와 끼고 자빠졌어. 더구나 난 이불도 못 덮고 냉똥 싸게 말이야. 어디 두고 보자.'

마음은 그렇지만 실상 그는 아내 말고 다른 계집의 손목도 변변히 못 잡는 위인이었다.

'왜 계집들이 안 따를까? 얼굴이 곰본가, 체격이 약질인가. 돈도

있겠다.'

정말 그로선 알 수 없는 일이었다. 계집이란 선수를 써서 낚아 버려야 하는 것인데 걸덕은 그럴 만한 배짱과 수단이 없었던 것이다.

그건 그렇고 걸덕은 다시 한 번,

"여보시오, 새우젓 장수."

하고 버럭 소리를 질러 가며 불렀다.

"예, 서방님, 부르셨습니까?"

몇 집 건너서 지게를 내려놓았던 새우젓 장수가 어슬렁어슬렁 배걸덕 눈앞에 다가왔다.

지게엔 조그만 독이 얹혀 있었으며 새우젓 장수는 수건을 이마에 질끈 동였는데 참외 꼭지처럼 시늉만 남은 상투가 허옇게 세어 있었다.

"서방님, 새우젓 빛깔이 그만입지요."

그 말과 동시에 안개 속에 가려졌던 새우젓 장수의 얼굴이 불쑥 나타났다.

그 순간,

"앗!"

하고 걸덕은 그만 얼굴이 흙빛이 되고 말았다.

주름살이 굵게 가로지른 이마, 눈은 조그맣고 코는 주먹코, 그리고 얼굴은 구릿빛으로 검붉게 탄 자국의 토박이 새우젓 장수 얼굴.

"아, 아버지!"

걸덕은 손을 떨며 비명을 지르다시피 말했다.

새우젓 장수의 코끝은 동짓달이 가까워 오는 늦은 가을철, 이른 새벽바람에 홍당무처럼 물들어 있었다. 노인도 놀라서 조그만 눈을 무섭게 반짝이면서 열어젖힌 영창문으로 얼굴을 바짝 들이대었다.

"너, 걸덕이가 아니냐?"

노인의 입매가 씰룩씰룩 일그러지며 말소리가 떨렸다.

"……."

"이놈아!"

마침내 노인의 분노가 폭발하기 시작했다.

"이놈아, 글을 읽는다고 나가더니 겨우 색주가(色酒家: 젊은 여자를 두고 술과 함께 봄을 팔게 하는 집)에 틀어박혀 있어?"

다음 순간에 지게 작대기가 날았다. 화가 난 노인은 새우젓 지게를 벗어 팽개쳤다.

"이놈아, 늙은 아비는 꼭두새벽부터 이 지랄인데 네놈은 갈보 년 배 위에서 글공부를 하고 있냐?"

걸덕은 얼굴을 푹 수그리고 매를 맞아야 했다.

배걸덕의 집은 마포(麻浦)와 더불어 장안의 어물전이 모인 서강(西江)이었다. 연평도에서 잡혀 오는 조기, 전라도에서 실어 오는 쌀, 강원도에서 강물을 타고 내려오는 장작, 모두 이곳을 거쳐 장안으로 들어갔다. 그중에서도 새우젓은 한양 백성에 빼놓을 수 없는 찬거리였다. 배걸덕의 아버지 배노인도 다른 서강이나 마포의 부자들처럼 새우젓으로 돈을 벌었으나 아들인 걸덕은 어찌 된 셈인지 어렸을 때부터 말썽을 피워 아비의 속만 썩였다.

"이놈아, 넌 커서 대체 뭐가 될 셈인고?"

"아버지, 전 양반이 되겠어요."

"뭐라고? 상놈의 자식은 백 년 가도 상놈이야. 네 애비가 새우젓 장수임을 모르느냐?"

"하지만 집엔 돈이 있잖아요!"

"돈?"

배노인은 그 말에 할 말이 없었다. 그래서 그런지 배걸덕은 더욱더 속을 썩였다. 장가나 들이면 좀 나을까 싶어 걸덕이 열두 살 때 그보다 다섯 살이나 손위인 며느리를 맞았지만 여전했다. 웬걸, 한 살 두 살 나이를 먹어 갈수록 더하더니 열여섯이 지나면서부터는 집안의 돈을 들고 나가기 시작했다.

"이, 집안 망칠 놈아. 돈을 뭣에다 쓰려고 갖고 나가느냐?"

"술을 먹이려고요."

"술을 멕여?"

"네, 한량들에게 술밥을 사 먹이는 거죠."

배노인은 다시 한 번 까무러칠 지경이었다. 그러나 아들 걸덕의 말을 듣고 보니 그럴듯했다.

"아버지, 제가 돈을 헤프게 쓸 줄 아십니까? 어림없습니다. 한량들에게 술밥을 사 먹이면 자연히 양반집 자제들과도 친해질 게 아닙니까?"

"음, 그도 그렇다."

"그렇게 한 다음, 시관(試官)을 돈으로 매수하는 것입니다. 고을이나 원님도 돈을 주고 산다는데 무과(武科) 첩지(帖紙: 사령장, 임명, 해임 따위의 인사에 관한 명령을 적어 본인에게 주는 문서) 하나 못 사겠습니까?"

"흐흠!"

배노인도 고개를 끄덕이며 아들이 자기보다 머리가 좋다고 은근히 감탄했다. 이럭저럭 배걸덕이 스무 살 먹던 해였다. 그가 삼 년 동안 사직 골이나 자하문 밖 활쏘기 터를 쫓아다니더니 무과 첩지를 하나 얻는 데 성공했다. 이 소식을 듣고 춤을 덩실덩실 춘 것은 배노인이어서 잔치까지 베풀어 축하했다.

"개천에서 용 났다. 내 아들이 활옷에 칼 차는 선달님(先達任: 무과에 합격하면 이런 칭호를 들음)이 되었다."

　돈도 그동안 천 냥이나 들어갔지만 하나도 아깝지 않았다. 헌데, 그 무과에 합격한 아들이 글공부나 한다고 또 돈을 들고 나가기에 아무 말 안 했는데, 겨우 색주가 토방에 엎드려 있으니 배노인은 화가 꼭두까지 치밀지 않을 수가 없었다.

　"이놈아, 이 집안 망칠 놈아. 무과에 통과했으면 어떻게 몸을 세울 궁리나 할 것이지 술집 골방에 엎드려 있어? 이 늙은 애비는 새벽부터 십 리나 걸어와 이 짓을 하는데 말이다. 무과 첩지가 밥을 먹여 주던? 이놈 죽어 봐라!"

　배노인은 작대기를 휘두르면서, 걸덕을 마구 두들겨 팼다.

　"어이고, 어이고."

　걸덕이 항거치 못하고 얻어맞으며 비명을 질러 대는데, 눈에 불이 난 배노인은 그래도 분이 풀리지 않는지 방에 뛰어 들어가서, 이불을 들쓰고 있는 김막동과 삼월이도 후려 갈겼다.

　"사람 살려!"

　아닌 밤에 홍두깨 격으로 막동이와 삼월이는 홑바지와 겉치마만 겨우 찾아서 앞을 가리고는 '걸음아 날 살려라' 하고 뿔뿔이 도망치고, 그 틈에 배걸덕도 그 뒤를 따랐다.

한 시간 후.

배걸덕과 김막동은 남대문 못 미쳐 선술집에서 수군거리고 있었다. 언어맞아서 얼굴이 시퍼렇게 부은 걸덕은 땅이 꺼져라 한숨을 내쉬더니 앞에 놓인 술사발을 들어 찔끔찔끔 마시면서 눈물을 뚝뚝 떨어뜨렸다.

"난 쫓겨났어. 집에서 쫓겨났단 말일세."

"그게 다 자네 탓이네."

볼기짝을 언어맞은 김막동이가 씩씩대면서 말했다.

"내 탓?"

걸덕이 입가를 주먹으로 쓱 문지르면서 왕방울 같은 눈을 흘겼다. 막동은 걸덕의 완력이 약간 겁났지만 태연히 어깨를 움찔하고 말했다.

"자네 탓이지 뭔가, 하필이면 자네 아버지를 부른단 말인가?"

"안개가 짙고 새벽 어스름이라 그랬어."

"그럼 목소리도 모른다던가?"

"아니 '새우젓 사령' 했으니 아버지 목소리인지 몰랐지. 새우젓 장수도 한둘이 아니니까."

"그건 그렇다고 하세. 그러나 역시 자네가 얼간이였기 때문에 그런 봉변을 당한 거야."

김막동은 술사발의 탁주를 한 번에 쭈욱 들이켰다.

정말 김막동이는 멀쩡한 대낮에 날벼락을 맞은 셈이다. 주모 삼월이의 몽실몽실한 젖가슴을 주물러 터트리고 그 따듯하고 매끄러운 허벅지에 한 다리를 처억 걸친 다음, 한참 신나게 재미 보려는데 환장을 한 늙은이가 나타나 수라장을 만들었으니. 막동은 그 생각을 하니 속이 뒤틀려 침을 굴리다가 '카악' 하고 내뱉었다.

"어째서 내 탓, 내 탓 하며 나만 핀잔하나? 탓으로 말한다면 자네가 삼월이년하고 끼고 자빠져 있어 그랬지."

"하하하. 그래서 자네를 반건달이라고 하는 거야."

"반건달?"

"암, 반건달이지. 진짜 건달은 계집도 후릴 줄 알고 울릴 줄 아는 거야."

"뭐어?"

이 말에 걸덕도 분통을 참지 못했다. 그렇지 않아도 계집 손목 하나 변변히 못 잡은 데 화를 내고 있던 그였으니 막동에게 그런 소리를 듣고 어찌 가만히 있을 것인가.

"이 자식이 듣고만 있으니까, 이게 정말?"

걸덕은 주먹을 들었다.

"이 사람, 농담을 진담으로 듣나?"

막동은 당황했지만 본래가 교활한 그는 생쥐처럼 난처한 입장을 잘 피했다.

"이 자식이, 날 생병신 만들어 놓고도 농담이야?"

"아니야, 그런 뜻이 아니라니까. 자네를 그렇게 부르는 것은, 우리들 친구끼리 그렇게 부르지 않냐?"

"듣기 싫다."

막동은 소댕(솥뚜껑)만 한 걸덕의 주먹을 보자 눈앞이 아찔했다.

"지금 우리가 그런 일을 갖고 다툴 땐가? 그것보다 춘부장의 노여움도 풀고 자네도 출세하면 되질 않는가?"

"뭐라고?"

이어서 막동은 걸덕의 귀에 대고 뭐라고 속삭였다.

막동의 이야기를 듣는 걸덕의 얼굴은 농익은 연시처럼 검붉었던 얼굴이 샛노래지더니 다시 붉어지고, 꼭 쥐었던 주먹이 스르르 풀렸다.

2. 홰나무를 베어 팔자

서강과 마포에 숨은 부자가 많이 살고 있는 데 비하여 남산골은 가난뱅이 마을로 남촌(南村)이라고도 불리는 양반촌이었다. 북촌(北村)이 세도가의 권세척신(權勢戚臣)들의 마을이라면 남산골은 시골에서 올라온 가난뱅이 양반과 몰락한 양반들이 게딱지 같은 오두막집에 몰려 살았다.

이쯤 되면 말이 양반이지 상민보다 조금도 나을 것이 없어서, 굶기를 밥 먹듯 하고 일 년 내내 홑바지 저고리에 알몸을 감추고 점잔만 빼고 앉아 있어야 했다. 양반이니 체면에 얽매어 장사도 할 수 없었다. 그리고 양반쯤 되면 하인도 거느려야 했으며, 주인은 굶어도 귀한 손님이 찾아오면 술대접을 해야 했다. 가난한 집에 아이는 많다고 자식들은 주렁주렁, 그 자식들 글공부 시키랴,

옷 해 입히랴, 머릿살이 아프기만 한 것이 남산골 양반들이었다.

그날도, 그러니까 걸덕과 막동이가 배노인에게 매 맞던 날보다 한 달쯤 전의 일이었다. 남산골 밋밋한 등성이 정자나무 아래 몇 사람이 둘러앉아 장기를 두고 있었다.

노염(老炎: 늦더위)이 가시지 않은 팔월 달이었지만 선선한 바람은 제법 땀을 식혀 주었다.

"이 사람, 장이야. 장 받아!"

체격이 늠름한 사람이 소리를 질렀으나, 수세에 몰린 상대방은 장기 쪽만 만지작거리고 입맛만 쩍쩍 다셨다. 장기를 두고 있는 걸로 봐서 양반은 아니었다.

"포장에 마장이다. 손들겠나?"

"……응, 졌네, 졌어!"

진편이 기운 없이 장기짝을 내려놓았으나 이긴 편도 별로 신이 안 나는 눈치였다. 둘러앉아 있는 사람들도 서로 곰방대를 뺏어 가며 담배를 피우는 데만 열중할 뿐 장기판에 관심을 기울이지 않았다.

"제기랄, 배가 고파서 둘 맛이 나야지."

"왜 밥도 못 먹었나?"

"먹긴 먹었다네. 하지만 주인마님의 살림이 하도 깐깐해서 아침저녁 죽으로 때우지 않았겠나. 벼가 누렇게 익었는데도 배를 곯고 앉았으니 따분한 신세 아닌가?"

"양반 못 된 신세, 이제 와서 탓한들 뭣하나. 그저 일이나 죽도록 하고 살다가 죽을 팔자지."

그러자 곰방대를 댓진이 졸아붙도록 억세게 빨고 있던 사십 가량 된 중늙은이가 입을 열었다. 그는 송 서방이었다.

"임자들, 양반, 양반 하지만 우리만도 못한 양반도 있네."

"설마 그렇기야 할까?"

"우리 주인댁 바로 이웃인 김 진사 댁이 그렇다네. 내 마누라가 그 댁에 하나밖에 없는 여종과 친한데, 그 할미씨 말이 벌써 그 댁에선 사흘을 두고 호박 풀떼기로 요기를 한다네. 그것도 하루 한 끼씩 말이야."

남산골 허구 많은 가난뱅이 양반 중에서도 늙은 호박만으로 멀겋게 풀떼기를 만들어서 끼니를 잇는다는 얘기는 금시초문이었다. 아무리 가난하기로서니 지금은 가을철이 아닌가.

"왜 그 집은 하인도 없나?"

"없어. 송장 다 된 늙은 할미씨 한 사람이 부엌일을 거들고 있지. 하긴 솥이 있다 해도 그 솥에 들어갈 게 없는 살림이네."

그렇게 서로 얘기를 주고받을 즈음,

"어흠, 어흠."

하고 헛기침 소리가 들렸다.

"이크! 범의 얘기를 하면 범이 온다더니. 진사님이시다."

그들은 얼른 피우던 곰방대를 감추고 허리를 굽실거렸다.

달그락달그락 나막신 소리를 내며 김 진사가 그들 앞으로 다가
왔다. 좀이 먹은 통영갓과 몇 군데 꿰맨 도포자락은 스적스적 걸
을 때마다 바람에 날리고 있지만, 그 속에 받쳐 입은 홑바지 저고
리가 앙상하기만 했다. 몸도 비쩍 말랐고 얼굴은 노리끼리한 게
부황증이 생겼는지 눈두덩이 붓고 쌍꺼풀까지 졌으나, 눈빛만은
날카로웠다.

"진사님, 안녕하십니까?"

김 진사는 굽실대는 그들의 얼굴을 무표정하게 흘낏 쳐다봤다.
한마디 할 힘도 없었지만 양반된 체면에 뭐라고 한마디 해야 했
다. 아무리 지금 김 진사가 기분 나쁜 일이 있어도 그들에게 내색
해선 안 되는 것이 양반의 도리인 줄 알고 있었다.

"어흠, 자네들인가? 요즘은 한가한 모양이로군."

김 진사는 억지웃음까지 지어 보이며 대꾸했지만 그 이상의 대화
를 나눌 것도 없었기에 어지러운 몸을 간신히 겨누며 어정어정 걸
어갔다. 속이 비었으니 걸음이 자연히 갈지자(之) 걸음이 되었다.

"진사님이 오늘은 약주를 잡수셨나 보군."

등 뒤에서 나는 소리였다.

'약주? 약주는커녕.'

그 생각을 하니 김 진사는 피를 토하고 싶은 심정이었다.

김 진사의 이름은 김 경(金卿)이었다. 그 집 앞에 큰 홰나무가 한 그루 서 있으므로 홰나무집 샌님 댁이라 부르기도 했다. 그는 길가에서도 몇 번 동네 상민들과 마주쳤다.

"진사님, 진지 잡수셨습니까?"

"오, 자넨가? 난 배불리 먹고 술도 한잔했다네."

얼굴을 알건 모르건 상관이 없었다. 상민들은 갓 쓴 양반이 지나가면 그렇게 인사했다.

'하지만 먹긴 뭘 먹어?'

김 경의 배창자는 시장기로 금방 쓰러질 것만 같았다. 모처럼 돈푼깨나 구해 보려고 나섰던 것이 수모만 당하고 헛되이 돌아오는 길이었으니 자기도 모르게 한탄이 저절로 나오고 눈시울이 붉어졌다. 그런 걸 보고 술잔이나 얻어먹어 눈자위가 벌겋게 물든 줄로 아는 모양이었다.

"어험, 어험."

김 경은 여전히 갈지자 걸음으로 좁은 언덕길을 허덕허덕 올라갔다. 이윽고 자기 집이 보였다. 하늘을 덮듯이 울창한 홰나무와 고색창연한 자기 집을 보니 어서 들어가 사랑방에 눕고 싶은 생각이 간절했다. 하지만 그는 더욱더 갈지자 걸음으로 천천히 걸었다. 아무리 급한 일이 있어도 뛰지 말라는 가헌(家憲)이 있었기 때문이었다.

"어흠, 어흠."

자기 집 대문을 바라보니, 쪽대문이 다 쓰러져 가는 기둥에 위태롭게 매달려 있다. 그 대문짝도 네 귀가 퉁그러져 이가 맞지 않고 대문 구실을 잃은 지 오래였다. 벽은 떨어져 군데군데 구멍이 뚫렸다. 높은 댓돌 위 사랑방의 미닫이문은 그래도 온전한데, 그 앞쪽 마루는 늙은이 이 빠지듯 하나 남아 있지 않았다.

하지만 집은 어엿한 청기와 집. 본래의 청기와가 아니라 이끼가 새파랗게 끼고 풀이 엉성하게 나 있어 얼핏 보아 청기와로 보였을 뿐이었다.

김 경은 일부러 태연한 체하고 없는 기운을 쥐어짜 풍월을 읊기 시작했다.

"목멱남망 한강분 수진남천 불견운이라."

(木覓南望 漢工分 水盡南天 不見雲)

목멱은 그가 살고 있는 남산의 옛 이름이다. 그 높은 산마루턱 자기 집 문전에 서서 한강을 멀리 바라다보니 갈라진 강물 끝이 아득한 구름도 없는 하늘에 맞닿고 있었다.

뜻만은 거창했다. 그는 칠언시(七言詩)를 이어 나갔다. 마침 집 앞에 괴인 웅덩이에 쇠똥 개똥이 둥둥 뜬 광경을 보고 시흥이 도도해졌다.

"백일청천 도수중 표표어유 백운간이로다."

(白日靑天 倒水中 漂漂魚游 白雲間)

푸른 하늘이 물속에 거꾸로 비끼었는데

마치 백운 사이에 노닐듯 고기(쇠똥, 개똥)들이 떠 있구나.

김 경은 이처럼 읊조리고 사랑방으로 들어섰다. 잠시 전의 호기롭던 시구와는 달리 그의 행동은 무척 옹졸하고 죄지은 사람처럼 살그머니 문을 열고 들어섰다.

아내를 만나기가 부끄럽고 면목이 없었기 때문이었다.

그러나 아내 박씨 부인은 남편이 돌아온 것을 이미 알고 있었다. 양반집 부인으로서 남편을 마중 나가지는 못했지만 늙은 몸종이 뻔질나게 드나들며 서방님 돌아오시길 고대하고 있었던 것이다. 남편은 아무 말 없이 들어섰다.

"마님, 서방님께서 돌아오셨어요."

몸종의 전갈이 있었지만 부인은 이렇다 말이 없었다. 몸종이 얼마 있다 다시 들어와 아뢰었다.

"서방님은 팔베개 베시고 누워 계십니다. 주무시는 줄 알고 쇤네가 가만히 귀를 기울여보니 끙끙 앓는 소리가 가히 아기를 빚는 지어미와 같사외다."

"……."

그래도 박씨 부인은 아무 말 없이 무릎 위에 얌전히 받쳐 놓은 누더기 옷을 말없이 바늘로 찍어매고 있었다.

"마님, 저녁을 지어야 할 텐데요?"

늙은 몸종이 몸이 달아 모기 소리만 하게 말했다.

벌써 어둑어둑해 오는 황혼 무렵이었다. 세간살이 하나 없는 토방엔 어둠이 일찍부터 그림자를 드리우며 소리 없이 다가오고 있었다.

박씨 부인은 눈을 내리깔고 몸종이 성화를 할 적마다 바늘 끝으로 자기의 손톱 밑을 '콕' 찔렀다. 찌르고 찔러서 피가 맺히고 단단히 굳은살이었다. 그렇게 얼마가 또 지났다. 방 안은 완전히 어두워졌지만 등잔에 켤 들기름도 이 집엔 없었다.

"마님."

세 번째로 몸종이 입을 열었을 때 박씨 부인은 가만히 일어나더니 선반 위에 놓인 작은 함지박 속에서 노란 송홧가루를 꺼냈다.

"할멈, 이 가루를 물에 타서 서방님께 드리도록 해요. 그리고 송끼가 남았으면 그것이나 맹물에 삶아요."

몸종이 한숨을 내쉬며 송홧가루 봉지를 들고 부엌으로 나가려고 했을 때, 박씨 부인이 불렀다.

"이리 줘요. 내가 갖다 드릴 테니 할멈은 먼저 눕기나 해요."

박씨 부인이 맹물에 송홧가루를 타 사랑방으로 향했다. 부인이 사랑방 문 앞에 얼씬거리기가 무섭게 남편 김 경의,

"어흠"

하는 헛기침 소리가 들렸다. 그도 고픈 배를 참는 한계가 지났던 터이다.

'설마 아내가 무슨 짓을 하더라도 굶기기야 하려고.'

하는 막연한 바람을 갖고 있었던 것이다.

"주무세요?"

"아, 누군가 했더니 부인이시구려. 어서 이리 들어와요."

박씨 부인은 잠자코 사기대접에 한 그릇 노랗게 푼 송홧가루를 들고 방 안으로 들어갔다. 김 경은 애써 외면하고 아내가 갖고 온 음식에 초연하려 했다.

"어디가 편찮으세요?"

"아니요, 정자골 정승지 댁에서 가양주를 몇 잔 마셨더니 잠이 스스로 들었던 모양이요. 그래서 마침 자리끼라도 한 대접 청해볼까 생각했는데 부인이 손수 나오셨구려."

박씨 부인은 쓸쓸하니 엷은 미소를 입가에 띠었다. 부인도 마르고 얼굴은 누르퉁퉁하니 부황증이 들었지만 남편의 앙상한 모습을 보니 가슴이 미어졌다.

"목이 타시면 이거나 잡수셔요. 서방님께서 잘 잡수시면 저도 기뻐요."

김 경은 물 대접을 물끄러미 바라보았다. 정자골 정승지를 찾아갔다가 청지기에게 야로(남에게 드러내지 않고 무슨 일을 꾸미는 속내나 수작)만 당하고 헛되이 돌아왔는데, 고기 안주에 독한 술까지 얻어먹었다고 했던 것이다. 그러나 이제 와서 실토할 수도 없어 눈을 감고 비위가 뒤집히는 송홧가루 탄 맹물을 한 모금 마셨다. 쌉쌀하여 목에 다 넘길 수도 없었다.

"왜 다 드시지 않아요?"

박씨 부인은 김 경이 반도 안 마시고 대접을 내려놓자 상냥하게 물었다. 부인인들 남편의 심정을 모를 리가 없었지만, 체통 없이 물을 수도 내색할 수도 없었다.

"오늘 나가신 일은 잘되셨나요?"

"글쎄."

"여보, 이젠 꼼짝없이 굶게 되었어요. 무슨 도리라도 차리시지 않으면 안 되겠어요."

"글쎄올시다."

김 경의 말은 힘이 하나도 없었고, 암만 둘러봐도 뾰족한 수가 없었다. 그는 '글쎄, 글쎄' 하면서 자기 마음을 자기가 달래듯 우물쭈물했다. 달이 어느새 떠올랐는지 찢어진 미닫이문 틈으로 달빛이 흘러들어 와 부인의 얼굴을 연푸르게 물들였다.

"여보!"

박씨 부인의 목소리는 침착했다.

"왜 그러시오?"

"문전에 있는 홰나무를 벱시다."

"홰나무를?"

"네, 그 나무를 베어 팔면 장작 서너 바리는 나오겠죠. 굶어 죽는 것보담은 낫지요. 나무를 베어서 팝시다."

"글쎄…….'

김 경은 쓴 입맛을 다시며 쌈지를 뒤졌지만 담배 한 잎 남아 있지 않았다. 박씨 부인은 옷고름으로 눈두덩을 눌렀다. 다만 말없는 달빛만이 이 가련한 두 양주를 무심하게 비추어 주고 있었다.

"어영차, 영차!"

"어영차, 영차!"

송 서방은 땀을 뻘뻘 흘리면서 톱질을 하고, 그때마다 육중한 홰나무는 몸부림을 치며 흔들거렸다.

"영차, 영차! 이렇게 단단하고 질긴 나무는 처음일세."

송 서방은 흐르는 땀을 주먹으로 닦으면서 연상 침을 '퉤퉤' 손바닥에 뱉고 톱자루를 다시 거머쥐었다. 김 경은 그 홰나무 둘레를 빙빙 돌며 안타깝게 나무가 넘어가기만을 기다렸다. 한참 톱질에 열중하고 있던 송 서방이 일손을 멈추고 김 경을 바라다보며 생각난 듯이 한마디 했다.

"샌님!"

"왜?"

"샌님께서 좀 도와줍시오. 나무가 굵어서 톱이 먹지를 않습네다."

"그래? 그런데 어떻게 도우란 말인가?"

"소인처럼 땅바닥에 다리를 뻗고 앉으시지요. 그리고 톱을 슬근슬근 잡아당기면 됩니다."

김 경은 송 서방이 시키는 대로 앉아 톱자루를 마주 잡고 잡아당기기 시작했다. 송 서방은 훨씬 톱질하기가 편해졌지만 김 경의 솜씨가 서툴러서 톱날을 잡아당기기만 했지 밀어주질 못했다.

"그렇게 잡아당기기만 하시면 어떻게 합니까? 잡아당겼다가 밀었다 하십쇼."

"이렇게 말인가?"

그러나 김 경은 반쯤 잡아당기지도 않고 도로 톱날을 밀었다. 송 서방은 혀를 찼다. 잡아당기는 힘도 약했지만 번번이 장단이 맞질 않아 송 서방은 혀를 차며 톱질을 중단했다.

"그러면 어떻게 해요? 서방님은 밥도 먹을 줄 모릅니까, 아니 밥 숟가락질은 어떻게 해요?"

송 서방은 짜증이 나다 보니 상대가 양반인 줄도 모르고 말이

헛나갔다. 그러나 김 경은 못 들은 척하고 열심이었다. 그는 한시 바삐 홰나무가 넘어가고 그것이 토막토막 잘리어 장작바리로 변하기만 바랐다. 그래야만 아내 말마따나 당장 포도청인 목구멍을 채워 뒤틀린 창자를 무마할 수 있었던 것이었다.

톱질이 그럭저럭 몇 번 순조롭게 왔다 갔다 했다.

김 경은 힘도 들었지만 자기가 난생처음 땀 흘리며 일하고 있다고 생각하니 흐뭇한 느낌까지 들었다. 그때 톱날이 꽉 물려 꿈쩍 않는다.

"잡아당겨!"

"……."

"밀어!"

송 서방은 소리를 꽥 질렀다. 그는 순간적으로, 톱질을 거들고 있는 상대방이 양반인 김 진사임을 깜박 잊고 있었다. 송 서방이 자세히 보니 김 경이 잡아당긴 쪽이 활처럼 휘었다. 수평으로 평평하게 잡아당길 줄 몰라서 톱날이 엉뚱하게 꾸불꾸불 비틀어졌던 것이다.

"변변치 못한 얼간망둥이 같으니라고. 그것도 톱질이라고 하냐? 참 잘한다. 그러고서도 캄캄한 밤에 어떻게 마누라 오줌 구멍을 찾아?"

마침내 송 서방은 입에 담지 못할 욕설을 퍼붓고 말았다.

"뭐?"

송 서방은 순간, '아차' 싶어졌다. 말이 정말 휘어진 톱날처럼 헛나간 것이다.

"샌님, 소인이 변변치 못하다는 넋두리입죠."

송 서방은 구슬땀을 흘리며 우물우물 입안소리로 변명했다.

"발칙한 놈 같으니라고. 양반을 넘보고 허튼수작을 지껄여? 그래 이놈아, 내가 마누라 오줌 구멍도 못 찾는 병신으로 보이느냐?"

송 서방은 얼굴이 흙빛으로 질리며 두 손을 싹싹 빌기 시작했다.

"샌님 살려 줍쇼. 소인이 잠깐 눈알이 있어도 해태 눈이 된 탓이올시다. 개 눈엔 똥만 보이고 상놈 눈엔 오줌구멍만 보이는 것처럼 말입니다. 헤헤."

김 경은 슬그머니 화를 풀었다. 성을 내는 것도 배가 고프면 배창자만 아프고 맥이 풀리는 일이었기 때문이었다.

"고약한 놈, 당장 주둥이를 잘라 때려죽일 것이로되 가련해서 그냥 두마. 그러나 명심하렸다."

"예!"

"네놈이 내가 힘든 일을 못한다고 넘보았지만, 네놈이 글을 아느냐?"

"낫 놓고 기역자도 모릅죠."

"그것 봐라. 양반이란 글과 세상 이치에 도통한 사람이다. 그러니 톱질 좀 잘 못하기로서니 조금도 부끄러울 게 없느니라.”

“예, 그렇습죠. 샌님께서 제발 사랑방에 가시어 담배나 피우십
시오.”

“가만히 있어. 이걸로 네놈의 죄를 용서한다는 것은 아니렸다.”

“예, 그러면 볼기를 치시렵니까?”

“아니다.”

김 경은 송 서방의 얼굴을 찬찬히 뜯어보다가 문득 어떤 생각
이 떠올랐다.

“너, 홰나무를 베어 주고 품삯을 받기로 했느냐?”

“예, 마님께서 장작 한 짐 주신다 들었습니다.”

“장작 한 짐이라?”

김 경은 송 서방의 몸집과 그가 가지고 갈 장작 짐을 머릿속에
그렸다. 아마도 소 반 마리쯤은 지고 갈 낯짝이었다.

“그건 안 돼!”

김 경은 소리를 질렀다. 송 서방의 눈이 휘둥그래졌다.

“서방님, 그게 참말입니까?”

“물론 네가 장작 한 짐을 가져가는 것은 막지 않겠다. 그러나
양반을 욕한 네 죄는 곤장 스무 대쯤은 넉넉히 되렸다. 곤장을 맞
고 가져가라.”

"예?"

송 서방은 비로소 김 경의 말뜻을 새겨들었다.

'젠장, 양반이 뭐야? 안 듣는 데선 나라 임금에게도 욕하는데.'

그러나 엎질러진 물이었다. 저도 모르게 지껄였건 어떻게 했건 양반에게 욕한 것만은 사실이었다. 겨드랑이 밑에 식은땀이 흐르며 이마에 구슬처럼 맺힌 땀방울이 눈으로 흘러들어 주먹으로 닦으니 땀이 눈에 스며서 정말 눈물이 흘러나왔다.

홰나무 장작은 모두 다섯 바리나 되었다. 곁가지만 해도 그 집 가을나무는 충분했다. 일만 죽도록 하고 소득 없는 송 서방.

박씨 부인이 장작 반 짐만이라도 주자고 남편에게 말했지만 김 경은 막무가내였다. 그러나 박씨 부인이 하도 졸라 대니 김 경은,

"그렇게 억울하다면 홰나무 밑등걸이나 파서 가져가거라. 그것도 반타작은 해야 한다."

하고 송 서방에게 소리 질렀다.

김 경의 집 굴뚝에서 오랜만에 연기가 나고, 향긋한 냄새가 배 속의 회를 동하게 했다.

"오, 부인, 차리느라고 수고하셨구려, 배춧국에 오이지도 황송한데 생선 토막이 다 상에 올랐구려."

"당신이 좋아하시는 갈치 토막이에요."

"그런데 이 배춧국에 둥둥 뜬 것은 무엇이요?"

"돼지비계랍니다."

"오, 고기까지! 당신도 같이 들구려."

김 경은 입이 헤벌어지며 배춧국을 홀홀 마셨다. 더구나 박씨 부인이 구해 온 막걸리 한 사발에 기분까지 도도해졌다. 배가 고프면 무엇이든지 맛있는 법이었다. 더구나 굶었던 창자, 맛이고 뭐고 텅 빈 창자를 채우기에 바빴다. 김 경은 배춧국을 세 대접이나 먹고 밥 두 사발을 거뜬히 해치웠을 뿐만 아니라 갈치 토막까지 말끔히 휩쓸어 먹었다. 포식을 하고 나니 트림이 나오며 짜게 먹어서인지 물도 먹혔다.

박씨 부인은 남편이 상을 물리자 그 상을 한쪽 편으로 물리고 장죽에 담배를 쭉쭉 담아 불을 붙여 주었다.

"담배까지도 장만했소?"

"네."

"이게 모두 조상님 덕택이구려. 눈앞에 보물을 두고도 배를 곯고 있었던 내가 당신 같은 양처(良妻)를 만난 덕이구려."

"별말씀도, 서방님이 기뻐하시고 활짝 웃는 낯을 보니 저는 더 바랄 게 없어요. 장작을 팔아서 쌀도 한 섬 들여놓았고 당신이 좋아하시는 성천초(成川草: 담배)도 조금 구해 놨어요."

"부인, 고맙소!"

김 경은 아내의 손목을 가만히 잡았다. 어젯밤처럼 달이 있는 밤. 어젯밤엔 쓸쓸하고 찬바람만이 획획 도는 어둠이었었는데 오늘은 달랐다. 들기름 등잔이 까만 그을음을 흘리며 방 안을 비춰 주었고, 김 경은 금방 부자가 된 것처럼 흥겹기만 했다. 한 가지 욕심이 채워지면 또 한 가지 욕심이 생기는 것이 사람의 본능인지, 김 경은 아내의 부드러운 팔목을 쥐고 있으니 아내의 토실토실한 몸이 그리워졌다. 아니 걷잡을 수 없는 욕망이 치밀었다. 박씨 부인도 남편의 마음을 이심전심으로 알 수 있었다.

"여보!"

"네!"

김 경의 다급한 목소리와 속삭이다시피 대답하는 박씨 부인의 정겨운 눈빛. 허기가 져 있었던 그들이었지만 아직 젊었다. 박씨 부인의 가냘픈 몸이 김 경의 가슴에 쓰러지며 등잔불이 꺼졌다.

그리고 한동안 거친 숨소리와 살결 부딪치는 소리가 고요한 밤 정적을 휘저었다. 부부가 살과 살을 마주치고 근심 없이 생의 기쁨을 호젓하게 누리는 것이 얼마만인가. 땀이 후줄근해진 김 경은 이윽고 머리맡을 더듬었다. 또 갈증이 나더니 이번엔 배까지 슬슬 아파 왔다.

"왜 그러세요?"

나른하게 흡족감에 젖어 있던 박씨 부인은 몸을 돌아누우며 물었다.

"배가 아파."

"체하셨나요?"

"아니, 설사가 날 것만 같아."

"……."

김 경은 아랫배를 힘껏 움켜쥐고 바지를 찾았다. 한번 술렁대기 시작한 설사는 금방이라도 둑을 터뜨리고 쏟아질 것만 같았다. 쩔 쩔매다 다급해진 김 경은 방문을 박차고 뒷간으로 달음질쳤다. 아 무래도 저녁 먹은 것이 탈이 난 모양이었다.

설사는 사흘이나 계속되었다. 오랫동안 쌀밥과 기름진 고기에 서툴렀던 창자가 미처 감당을 못하고 그대로 쫙쫙 쏟아 놓으니 김 경의 얼굴은 말이 아니어서 눈이 움푹 파이고 뺨도 홀쭉하니 살이 빠져 광대뼈가 앙상하게 드러났으며 입술도 새파랗게 질리 게 되었다.

3. 상감님 덕에 벼락감투

그러던 중, 김 경이 사는 남산골에 큰 소동이 벌어졌다.

"과인은 과인이 다스리는 나라 백성의 차림을 친히 보고 싶노
라. 이것이 인군(人君)된 자의 길이요, 도리이니라. 경들은 마땅히
내 뜻을 저버리지 말라."

아직 젊지만 영특하신 영조대왕(英祖大王)께서 하루는 이렇게 말
씀하시곤 미행(微行)에 나선 것이었다. 임금님의 미행이란 대신과
군졸을 여럿 거느리고 민정(民情)을 돌아보는 게 아니라 일종의 암
행이었다.

그날도 대왕은 가까운 선전관(宣傳官)에서 바로 두 사람만을 데

리고 목멱산으로 납시었다. 목멱산(남산)은 창덕궁에선 바로 보이는 산이요, 오르기에 가파르지 않고 행차하기 알맞은 거리에 있었다.

대왕은 벼가 누릇누릇한 들판을 보시고선 고개를 끄덕였다.

"백성들이 배불리 먹을 만하렸다?"

"네, 모두 상감마마의 하해 같은 덕인 줄 아옵니다."

선전관 하나가 얼른 이렇게 대답하니, 임금의 얼굴은 그지없이 만족한 옥안(玉顏: 임금의 얼굴. 용안)이었다. 대왕의 일행은 여기저기 돌아다니다 남산골로 접어들었지만, 남산골의 주민들은 점잖은 차림의 귀공자를 보고 그가 임금인 줄을 알 리가 없었다. 다만 준수한 선비가 서생 두 사람을 데리고 만보(漫步: 느린 걸음)하고 있는 줄로만 여겼다.

임금 일행은 어떤 정자나무 밑에 이르렀다. 바로 며칠 전, 동네 하인들이 모여 앉아서 장기를 두던 곳으로 오늘은 하인 대신 선비 두 사람이 앉아서 담배를 태우고 있었다.

대왕이 그들 옆에 가 자리를 잡으니 그 선비들은 대왕과 선전관을 번갈아 보았다. 혈색이 좋고 풍채가 의젓한 선비로 자기들의 찌그러진 갓이며 땟국에 절은 도포자락, 한결같이 누르퉁퉁한 안

색에다 꾀죄죄한 몰골에 비해서 너무나 차이가 났다.

"앉았으니 인사나 하고 지냅시다."

그중 나이 든 선비가 그렇게 운을 떼니 대왕도 덤덤하게 대답했다.

"난 북촌에 사는 전주 이(李)가요. 노형의 성씨는 무엇이요?"

"아, 그렇소? 난 박 생원이고 이 젊은 친구는 군기사(軍器司) 서생이요."

"허, 그러면 벼슬아치군."

말투가 아무래도 수상했던지 두 선비는 얼굴을 마주 보았다. 더구나 인사도 않고 선전관 두 사람이 그들 곁에 바싹 붙어 앉다시피 자리를 잡는 것도 떨떠름했다.

"그래 노형들이 벼슬을 한다 하니 먹고살 만하오?"

"먹고살기가 차라리 죽느니만 못하오. 나라에서 주는 전량이라야 보름 양식도 안 될 판이요."

그때 젊은 선비는 곁에 앉은 선전관이 옆구리를 콕 찌르는 바람에 입을 다물었다. 영조대왕은 이 말을 들으니 마음이 언짢았다. 정사가 다 잘되고 백성이 모두 배불리 먹고 지낼 줄만 알았는데 나라 구실을 하면서 먹고살기가 어렵다니 웬 말인가.

잠시 어색한 기분이 도는데 늙은 선비인 박 생원이 물었다.

"노형은 북촌 사신다는데 어디쯤 사십니까?"

"어디쯤이라니? 창덕궁에 살지."

그 말에 박생원과 젊은 선비는,

"죽여 줍소서."

하고 급히 부복하고 절을 넙죽했다.

"허허, 과인의 본색이 탄로 났군. 그러나 오늘은 사사로운 자리, 어디까지나 전주 이가로 대하게."

"황공하신 말씀이옵니다."

두 선비는 얼굴을 들지 못하고 이마를 조아렸다.

"고개를 들게. 과인에게 못할 말이 뭐고? 그래 살기가 그렇게 어렵던가?"

젊은 선비는 구슬땀을 흘리며 입술이 새파랗게 질리고 무릎마디가 덜덜 떨렸다.

"아까의 말씀은 신(臣)이 죽을 때를 모르고 함부로 지껄인 말이오니 굽어 살펴 주시옵소서."

"또 그 소리를 하는군. 그럼 얼굴이 왜 그처럼 부석부석하고 부었단 말이냐?"

"예, 아뢰옵기 황송하오나 너무 살이 쪘기 때문입니다."

"살이 쪘다고? 그럼 얼굴은 어째서 노란고?"

"책과 씨름하다 보니 그런 줄 압니다."

젊은 임금의 마음은 다시 홀가분해졌다. 당신이 거느리는 나라 안에 한 사람이라도 굶는 사람이 있으면 기분이 좋을 리가 없었다. 못 먹어서 부은 것을 살찐 것으로 알고 안색이 좋지 못한 걸 너무 글을 읽은 탓이려니 하고 해석했던 것이다.

그들이 서 있는 둔덕에서는 장안이 한눈에 내려다보였다.

서쪽에서 동쪽으로 흐르는 청계천의 맑은 물도, 높고 낮은 언덕이 들어앉은 창덕궁, 덕수궁의 대궐도 손에 잡힐 듯했다.

그리고 남대문이며 동대문, 그 밑에 소를 모는 사람들도 하나하나 꼽을 수 있게 보였다.

"조망이 좋구나."

그때 임금의 눈에 한 채의 고가(古家: 오래된 집)가 눈에 들어왔다. 바로 홰나무를 베어 버린 김 경의 퇴락한 기와집이었다.

"저 집은 어째서 저렇게 퇴락했는고?"

"……."

선전관이 얼른 꾸며대지 못하니 대왕은 그 까닭을 알고 싶어서 박생원에게 물었다.

"그대는 저 집의 내력을 아는가?"

"예, 바로 선묘조(先廟朝)의 신(臣) 김 아무개 집이옵니다."

"김 아무개?"

대왕의 머리에 짚이는 게 있었다. 김 아무개는 젊은 대왕도 잘 아는 이름이었다. 판서를 거쳐 정승까지 지낸 재상가, 그가 당파 싸움에 몰리어 사사(賜死)당하고 벼슬을 깎이었던 일이 있었다.

"김 아무개 집이 이곳이었던가? 그래, 그 집에 지금 누가 사는고?"

"김 아무개의 자식 김 경이 사는 줄 아옵니다."

"김 경? 어디 한번 가보자꾸나."

선전관들은 임금의 분부인지라 거역치 못했다.

이윽고 김 경의 집 안팎은 발칵 뒤집혔다. 김 경은 연일 설사를 해서 눈이 퀭하니 쑥 들어가고 대꼬치처럼 마른 몸으로 뜨락에 가마니를 깔고 엎드려 임금을 맞았다.

"고개를 들라. 네가 바로 정승 김 아무개의 자식이냐?"

"예, 아뢰옵기 황송하오나 죄인 김 아무개의 자식인 것만은 틀림없나이다."

김 경은 영문도 모르고 벌벌 떨며 아뢰었다.

그도 진사 급제한 선비였으나 부친이 당파 싸움에 밀리어 죄를 얻자 그 역시 벼슬을 내놓고 오늘날까지 가난하게 살아왔었다. 그런데다 임금이 별안간 들이닥쳤으니 죄 없이도 몸이 떨렸다.

"고개를 들라."

임금은 김 경의 마른 모습을 보며 다시 말했으나 김 경은 감히 고개를 들지 못했다. 임금은 하늘 같은 존재, 어찌 바로 볼 것인가.

"고개를 들라 하신다."

선전관이 옆에서 말하니 김 경이 겨우 고개를 들었다.

임금은 그의 얼굴을 가만히 쳐다보다가 뭉클한 것이 가슴에 치밀었다. 모든 백성들이 배불리 먹고사는데 김 경이라고 해서 굶주린다면 될 말인가.

"그대의 얼굴 모습이 왜 그다지 파리한고?"

"……."

김 경은 답변이 궁했다. 설사를 해서 얼굴이 그렇게 되었다고 대답할 수는 없었다.

성미가 급한 임금은 혼자 고개를 끄덕이고 재차 물었다.

"그대는 배불리 먹는가?"

"예, 성은이 망극하와 배불리 먹고 지내옵니다."

"거짓 소리 말라. 그대가 배불리 먹는다면 어찌 그처럼 뼈와 가죽만 남았단 말이냐? 이실직고하렷다."

"……."

"어서!"

선전관이 옆에서 또 거들었다.

"그대가 은휘(隱諱: 꺼리어 숨김)해도 과인은 알렸다. 배고픈 자 있음은 백성의 어버이로서 인군의 수치요 나라의 손실이로다."

김 경은 꿇어 엎드린 채 그 말이 무슨 뜻인 줄을 몰랐다. 임금이 그를 어여삐 보아주는 것 같기도 하고 멀쩡한 대낮에 여우에게 홀린 기분이 들기도 했다.

"그대는 과히 섭섭히 여기지 말라. 과인의 부덕한 탓이니라. 그대에겐 응분한 조치를 마련할 테니 기다리라."

임금이 죽인다고 해도 '성은이 망극하외다' 할 판인데, 임금이 그를 도와주겠다니 이 아니 반가운 얘긴가. 김 경과 박씨 부인은 뜬눈으로 밤을 새우다시피 하면서 희망에 가슴이 부풀고 있었다.

"여보, 우리가 용꿈을 꾸었나 보구려. 당신이 그 홰나무를 베더니 우리 집에 경사가 났구려."

"아니에요. 서방님의 복록이 이제 청천백일(靑天白日)을 만나 살 때가 된 것이죠."

"그럴까?"

김 경은 아내의 탐스러운 젖무덤을 만지작거리며 '그럴까, 그럴까' 하고 의아해했다. 불과 며칠 전까지만 해도 죽지 못해 사는 가난한 선비였으나 이제는 임금의 약속만 철석같이 믿어도 절로 배가 불러 왔다.

"임금님이 약속하신 거니 진사 첩지를 다시 내린다는 뜻일까?"

그의 손길이 부인의 가슴을 점점 깊이 파고들었다. 박씨 부인은 간질간질한 남편의 손끝을 짜릿하니 느끼면서,

"설마 나라님께서 겨우 진사를 도로 내리실까요?"

하고 몸을 꼬았다.

"그럼 현감?"

김 경의 손은 마침내 끝닿는 데까지 이르렀다. 그곳은 불길이 샘솟듯 화끈 달아 열기를 내뿜고 있었다.

"글쎄요."

박씨 부인은 목소리가 졸아붙듯 적어졌다. 눈을 뜬 욕망이 그지없는 행복감과 어울려 다시없는 극락세계를 만들어 주고 있었다.

김 경은 그런 아내의 몸을 끌어안고 힘을 주면서,

"아니야, 어쩌면 승지 벼슬 한 자리쯤 주실지 몰라. 그렇게 되면 코가 높은 정승지도 날 괄시 못할걸."

하며 몸을 슬그머니 돌리어 미끈미끈한 꽃밭 속으로 들어갔다.

이튿날.

김 경네 집엔 선전관이 새벽같이 들이닥쳤다. 김 경은 목욕재계하고 북쪽에 세 번 절한 다음, 사당 앞에 무릎을 단정히 꿇고 기름종이로 단단히 봉한 임금의 봉서지(奉書紙)를 펴 들었다.

주먹만 한 글씨가 용이 구름을 타듯 먹자국도 싱싱하니 쓰여 있었다.

"진사 김 경, 그대를 제주목사(濟川牧使)에 제수하노라."

4. 육백 냥짜리 예방 비장

'감보다 꿀이 달다'고 생각지도 않던 파격적인 임명이었다. 김 경은 칙사(勅使: 임금의 명령을 전달하는 사신)가 돌아가자 춤을 덩실덩실 추었고, 박씨 부인도 이때만은 눈물지으며 기뻐했으나, 잠시 후 흥분이 가라앉자 태산 같은 걱정이 그들 앞에 나타났다.

"여보, 제주는 육로 천 리, 뱃길 천 리나 되는 머나먼 곳이오. 그 곳을 어떻게 수중에 돈 한 푼 없이 도임한단 말이오?"

김 경은 한숨을 푹 쉬며 이렇게 말했다. 사실 노자는 고사하고 당장 입고 나설 옷도 없었다. 관복(官服)과 인수(印綬 :병권(兵權)을 가진 관원이 병부(兵符)주머니를 차던 사슴 가죽으로 만든 끈)는 나라에서 내

준다 해도 그 머나먼 길을 어떻게 갈 수 있단 말인가?

　이런 때 영리한 것은 역시 여인이던지 박씨 부인은 한참 곰곰이 생각하고 있다가,

"영감."

하고 불렀다.

"영감은 별안간에 무슨 말라 꼬부라진 영감인가? 그것보다 우선 제주 갈 궁리나 해보구려."

　앞길이 꽉 막혀서 답답하기만 한 김 경은 정숙한 아내 말에 까닭 없이 짜증이 났다.

"당신도 감사또(지금의 도지사 급)가 되셨으니 영감 소리를 듣는 거라우."

"그런가?"

"그런데 영감, 제주목사가 되면 무슨 일부터 하시겠수?"

　박씨 부인은 눈을 깜박이면서 물었다.

"그야 도임을 하고 나서 생각할 문제이지, 지금 그걸 어떻게 말할 수 있단 말이오?"

"제가 묻는 것은 그런 뜻이 아니에요. 우선 목사가 되면 백성을 선치(善治)하고 송덕비라도 세우게끔 되어야 하지 않겠어요?"

"그야 물론이지!"

"그럼 손발처럼 부릴 수 있는 심복인을 가져야 할 것입니다. 소

첩이 배운 것은 없지만, 제주란 예부터 산수가 아름답고 경치가 뛰어나서 미녀가 많은 색향(色鄉: 미인이 많이 태어나거나 기생이 많은 마을)이라고 하옵니다."

"흠, 그래서?"

"그리고 제주는 옛 탐라국으로서, 고장이 다르면 인물도 다르듯 그곳 인심을 측량할 수 없으리라 여겨집니다. 그러므로 모쪼록 영감께서도 심복지인(心腹之人: 심복, 마음 놓고 부리거나 일을 맡길 수 있는 사람)을 가리어 데려가시면 정사가 제대로 될 줄 압니다."

"암 열 번, 백 번 지당한 말. 부인은 과연 제갈량이요, 한신(韓信) 같구려."

김 경은 무릎을 치며 좋아했으나 아내의 말을 알아들을 듯하면서 아리송했다. 심복지인을 데려간다는 것은 알 만한 일인데, 그들과 지금 노비가 없어서 한탄하는 것과 무슨 상관이 있단 말인가?

"그러니 영감께선 직시(直視) 믿을 만하고 꿋꿋한 사람 몇을 가려 뽑으세요."

"뽑아서?"

"그래서 그들에게 이(吏), 호(戶), 예(禮), 공(工), 병(兵), 형(刑), 육방의 아전들을 책임 맡게 하시면 영감은 손 하나 까딱 안 해도 되는 것이죠."

"글쎄, 부인의 말을 모르는 바는 아니지마는 대체 어떻게 하란 말이요?"

"아이참, 답답하셔라. 무슨 일이든지 공것이 있답디까. 그들도 밑천을 들여야 비장(裨將) 한 자리라도 차지한다고 넌지시 귀띔을 하시구려."

박씨 부인은 김 경의 귀에 대고 속삭이니 김 경의 마음은 금세 어두웠던 하늘의 먹장구름이 걷히고 푸른 하늘이 보이는 듯했다.

김막동이가 배걸덕에게 귓속말을 한 것도 바로 김 경이 제주목사로 가는데 비장을 가리어 뽑는다는 소문이었다.

"그래서 자네도 한자리하지 않겠나 묻는 걸세."

이 말을 들은 배걸덕, 목구멍에서 손이 기어 나오듯 마음이 단번에 솔깃해졌다. 그러나 너무 얘기가 그럴듯해서 선뜻 믿어지지 않았다.

"그 말이 정말인가? 아무리 세상이 어수룩하기로서니 비장 한자리가 우리들에게 돌아올 성싶은가. 난 너무도 허황한 얘기라 믿기지 않네."

"믿건 안 믿건 한번 부딪쳐 보고 나서 말하세."

"그럼 자네 말만 믿어 볼까?"

"이런게 다 친구 잘 둔 탓이지 뭔가. 딴사람 같으면 어림없네, 어림없어."

김막동은 그렇게 생색을 내고 나서 목소리를 죽여 가며 다시 말하기 시작했다.

"자네에게 비장 한 자리는 따 놓은 당상이니 염려 말게. 단 내가 모든 걸 알아서 잘 수습할 테니 자네는 내 말을 꼭 들어주어야 하네."

"무슨 말인가?"

배걸덕이 몸이 달아 물으니 김막동은 먼저 씨익 하고 웃기부터 했다.

"자네라면 어려운 얘기가 아닐 걸세. 돈 천 냥쯤만 버리면 일은 쉬울 걸세."

"돈 천 냥?"

배걸덕의 입이 딱 벌어졌다. 무과 급제하는 데 천 냥을 썼는데 또 쓰라니 기가 막혔던 것이다.

"왜 많은가? 천 냥 아니라 이천 냥이라도 비장만 되는 날이면 아까울 게 없을 텐데."

"……"

배걸덕은 선뜻 대답지 못하고 천 냥과 아버지의 얼굴이 겹쳐졌다. 천 냥이면 한 냥짜리 새우젓 천 독을 팔아야 하는데, 그 새우젓 천 독을 팔려면 삼 년을 꼬박 목이 쉬도록, '새우젓 사령~' 하고 외쳐야만 하리라.

"왜 대답이 없나? 하기 싫은가?"

"아니."

"그럼 약속하겠나?"

"……응."

배걸덕은 힘없이 대답하고 말았다. 비장 자리는 역시 구미가 당기지 않을 수 없었다.

남산골 김 경의 집 문전에 때 아닌 장이 서다시피 했다. 장안의 건달 파락호(破落戶: 재산이나 세력이 있는 집안의 자손으로서 집안의 재산을 몽땅 털어먹는 난봉꾼을 이르는 말)는 물론 힘깨나 쓰고, 청운의 뜻을 품은 젊은이들이 모두 모여들었다.

김 경은 다 기울어져 가는 사랑방 미닫이를 열고 거만하게 버티고 앉았고, 시험을 보는 젊은이들은 차례를 기다리며 줄을 섰다가 한 사람씩 사랑방 댓돌 밑으로 가 섰다. 그러면 김 경이 긴 장죽으로 손짓하며 인물 전형을 했다. 뜰아래 서 있는 젊은이는 사랑방 으슥한 곳에 박씨 부인이 숨어 있어서, 일일이 김 경에게 귓속말을 하는 줄은 알지 못했다.

먼저 한 젊은이가 그 앞으로 나갔다.

"어흠, 자네가 이번에 제주목사로 도임하는 나를 따라 먼 곳으로 갈 사람인가?"

"예, 사또님이 거두어 주시기만 한다면야."

"목소리가 작다. 그래 가지고서 어떻게 비장이 된단 말이냐?"

김 경은 사뭇 쩡쩡하니 울리는 목소리로 호통을 쳤다.

'아, 사또는 목소리 큰 사람을 고르는구나!'

배걸덕은 혼자 그렇게 생각했다.

다음 젊은이가 댓돌 밑에 대령했다.

김 경은 이것저것 물어보다가,

"그런데 자네 집에 돈냥이나 있는가?"

하고 물었으나, 그 젊은이는 까닭을 알 수 없어 눈만 끔벅거렸다.

"왜 대답을 못하나? 내가 묻는 것은 자네 집에 돈 천 냥쯤 있느냐 묻는 거다."

"사또, 아뢰옵기 황송하오나 비장 되는데 재산이 많고 적음이 무슨 상관이 있겠습니까?"

"이놈 닥쳐라! 너같이 속이 시커먼 놈에게는 비장 자리를 줄 수 없다. 냉큼 물러나라."

"……"

그래도 그 젊은이는 호락호락 물러나지 않았다. 어깨가 바라지고 주먹이 억센 걸 봐서 보통 만만한 젊은이는 아니었다.

김 경은 그의 태도에 약간 찔끔했지만 그런 것은 부인 박씨가 옆에서 적당히 귀띔해 주었다.

"이놈 듣거라. 네가 재산이 있고 없는 걸 묻는 데는 깊은 까닭이 있느니라. 본래 수령방백(守令方伯)이란 나라님의 분부를 받아 백성을 다스리는 소임이다. 비장으로 말할진데 그 목사의 손발이 되어 백성들과 자주 만날 것이거늘 만일 비장이 가난하고 돈 없는 사람이라면 반드시 백성을 토색질(돈이나 물건 따위를 억지로 달라고 하는 짓) 하렸다. 허나 재산이 있으면 그런 엉큼한 마음을 추호도 갖지 못할 것인즉, 내 특히 그 점을 참작하여 비장을 뽑는 것이니라. 알겠느냐?"

"……."

그럴듯한 말이었다. 그러니 와글와글 끓던 수십 명 젊은이들이 하나둘 슬그머니 꽁무니를 빼어 자취를 감추기 시작했다.

'돈, 돈이라면 있다!'

배 선달은 그렇게 생각하고 가슴을 쓸어내렸다. 그런데 알다가도 모를 것은 신임 제주목사의 심중이었다. 김막동은 분명히 돈푼깨나 바쳐야 한 자리 얻어 한다고 말했는데 막상 사람을 뽑는 광경을 보니 이해할 수 없었다.

이윽고 배선달의 차례가 되었다. 그는 김 경 앞으로 나가 절을 넙죽했다. 김 경이 보니 키가 크고 허우대도 멀쩡한 것이 쓸 만해 보였다.

"목소리는 큰고?"

"예, 소리 지르면 쇠북 소리 같소이다."

"재산은?"

"애비가 대대로 새우젓 장사라 벼 천 석은 합지요."

"으흠, 그만하면 됐군. 예솜씨는 어떤고?"

"무과에 들었사옵니다."

"허, 무슨 재주로? 칼을 잘 쓰나? 활을 잘 쏘나? 아니면 창을 잘 다루나?"

"소인은 그러한 재주가 하나도 없사옵니다. 칼을 잘 쓰면 남과 다투기 쉬우니 미상불 열 번에 한 번은 내 몸이 위태할 것이요. 활을 잘 쏘면 사냥이나 할 노릇이지 아무짝에 소용이 없습니다. 더구나 창을 잘 쓰다니 그 무슨 말씀입니까. 자고로 창을 잘못 쓰면 신세 망치기 십중팔구요. 코 떨어지고 눈이 멀어 상투가 빠진다 하지 않습니까. 그래서 옛사람이 시로 경계하되 이팔가인 체사효 (二八佳人體似酥) 요간장검 참우부(腰間長劍 斬愚夫)라 하였습니다. 즉 이팔가인의 몸은 꿀단지와 같아서 한 번 빠지면 허리 사이의 큰 칼로 어리석은 사나이의 목이 뎅강 떨어진다는 뜻이죠."

배걸덕은 설익은 지식을 주워섬기며 큰 목소리로 외쳐 댔다.

"허허, 그러면 뭐로써 무과에 급제했단 말이냐?"

"그야 어렵지 않은 일이죠. 첫째 남아란 도량이 넓어야 하므로 술밥을 배불리 먹여 주고 돈을 아끼지 않습니다. 둘째로 하지가 단단하여 남이 죽인다 해도 입을 열지 않습니다. 셋째로 사람이 어리석어 남의 말을 잘 듣습니다. 왜냐하면 대인군자(大人君子)라면 작은 것에 얽매지 않고 큰 것에 대범하다는 뜻입니다. 까막까치가 봉황새의 뜻을 알 리가 없고 미꾸라지 송사리가 잉어 가물치의 큰 뜻을 몰라주는 것이니까요."

김 경은 고개를 끄덕이고,

"앞으로 가까이 오게. 댓돌 위로 올라서게."

하고 부드럽게 손짓을 했다. 배걸덕은 일이 거의 순조롭게 잘 돼 가는 듯싶어 가슴이 뿌듯해 왔다. 김 경은 가까이 온 그에게 조그만 종이쪽 하나를 보였다.

"자네는 글을 아나?"

"예."

하고 배비장이 눈을 굴리니,

'이방 팔백 냥, 호방 칠백 냥, 예방 육백 냥, 공방 오백 냥, 병방 사백 냥, 형방 삼백 냥'이라고 쓰여 있었는데, 다른 소임엔 각각 동그라미가 쳐져 있었고 예방과 형방만이 빈자리였다.

"보았느냐. 각 육방 관속 밑에 적힌 금액은 보증금이니라. 물론 보증금이라 해도 보통 보증금이 아니다. 너희도 알다시피 제주를 가려면 배를 타야 한다. 배는 풍랑을 만나서 언제 파선할지도 모르는 일이요, 또 머나먼 천 리 길엔 생각지도 않던 재난이 있을지도 모른다. 떡을 먹고 갑자기 체해 죽을지도 모르는 일, 벼락을 맞아 급살할지도 모르는 일, 그래서 돈을 미리 받아 두었다가 불측변(不測變)이 생기면 요긴하게 쓰렸다.”

“예, 그러면 제주에 무사히 당도하면 도로 내주시는 겁니까?”

“그때는 또 지신(地神)과 해신(海神)에게 무사히 도임케 되었다고 고맙다는 제를 그 돈으로 올려야지.”

“그럼 어차피 바친 돈은 떼인단 말씀이군요?”

“음, 넌 머리가 영리하구나. 돈이란 돌고 도는 것이고 빈 주머니는 다시 채워지는 법이다. 그래서 천하의 통화(通貨)라 하지 않느냐. 그건 그렇고 넌 얼마짜리냐? 육백 냥이냐? 삼백 냥짜리냐?”

배걸덕은 그 물음에 잠깐 궁리를 해야 했다.

지금 사또는 뇌물을 쓰라 하지만 그것은 조금도 놀랄 것이 없었다. 터놓고 말하지 못하지만 빈 주머니는 다시 채울 수 있다고 은근히 암시를 하고 있지 않은가. 불만이라면 남은 자리가 문제였다. 이백 냥을 더 쓰면 육방의 우두머리인 이방을 차지할 수도 있었을 텐데, 그게 벌써 팔렸다니 아깝기만 했다.

이방은 모든 백성의 송사를 맡아서 대소문서를 꾸미고 시쳇말(時體: 그 시대에 유행하는 말)로 인사 행정을 총찰하니 죽물이 많은 자리였고, 그다음 호방은 수효를 헤아리고 인두세(人頭租)를 거둬들이니 그 흘린 찌끼만 얻어먹어도 수입이 쏠쏠하리라. 공방은 대소관아의 수축(修築)과 영선(營繕)을 도맡았으니 단물이 있음직했고, 병방은 호령이나 하며 군졸들 독찰하니 신나는 자리다. 그렇다고 죄수 볼기나 치며 곤장 한 대에 얼마하며 눈물과 원한에 사무친 돈을 받는 형방 노릇은 하기 싫었다.

그런데 예방은 어떨까?

가장 실속 없는 자리인 것처럼 여겨졌다. 아무래도 돈 주고 살 바엔 값이 많고 격식 높은 이방을 차지하고 싶었지만 지금 남은 자리는 예방과 형방 자리뿐이었다

'엣다. 모르겠다.' 하고 배선달은 결정을 내렸다.

"사또, 육백 냥 냅지요."

"알았다. 그럼 다음?"

사또는 기분이 흐뭇해서 다음을 불렀다.

배선달의 뒤는 김막동이다. 그는 사또의 물음에 '예, 예' 하고 굽실굽실 대답만 했다.

"얼마짜리냐?"

하는 사또의 말에 선뜻 '삼백 냥짜리로 합지요. 헤헤.' 하고는 비실비실 웃었다.

이리하여 배걸덕은 예방 비장, 김막동은 형방 비장이 되었다.

신임 제주목사 김 경이 왕성(王城)인 한양을 떠난 날은,

북악산 인왕산에 눈이 허옇게 덮여 있고 바람이 매섭게 몰아치는 섣달 초열흘날이었다. 일행은 목사 김 경을 비롯하여 육방 비장이 된 장정들과 동자가 하나, 모두 여덟이었다. 그중 김 경은 당나귀를 탔고 동자가 그 고삐를 끌었다.

배 선달, 이제는 배비장이 된 그는 찬바람이 몰아치는 한강나루를 건너 과천(果川)길로 들어설 때까지 입을 다물고 있었다. 파란 활옷에 환도를 차고 벙거지를 쓴 비장 차림이 어색한 탓 뿐만은 아니었다. 나루를 건너기 전 한양에선 어딘지 기가 죽어서 관복을 입었어도 비장 기분이 안 났고 자연히 총총걸음으로 길을 재촉했던 것이다. 이런 심정은 다른 비장들도 마찬가지였는지 묵묵히 길만 재촉했다.

길은 관악산을 왼쪽으로 끼고 멀리 금천(衿川: 지금의 시흥)을 바라보며 남쪽으로 뻗어 있었다. 솔나무에선 바람에 날린 흰 눈송이

가 낙화처럼 날고, 그동안 살이 찐 목사 김 경을 태운 당나귀는 힘이 드는지 씩씩거리며 허연 입김을 내뿜고 있었다.

인가도 없는 단조로운 솔밭 사잇길로 일행이 들어서니 그제서야 좀 기분이 나는 모양들이었고, 배비장의 어깨도 신바람이 나기 시작했다. 먼저 수작을 걸어온 건 형방 비장이 된 김막동이었다.

"여보게, 배비장."

"왜?"

"우리 서로가 팔자에 없는 비장이 되었네만 어딘지 실감이 안 나네 그려."

"글쎄, 비장은 비장이라도 자네와 나는 격이 다르네. 사람은 똑같아도 그 직책을 존중하라 하였듯이 자네와 나는 삼백 냥의 차이가 있는 것일세."

"예끼, 이 사람. 비장이라면 다 똑같지, 무슨 위아래가 있단 말이야?"

김막동은 코를 '히힝' 하고 길가 눈 속에 풀고는 입을 닫았다. 얼마쯤 가니 산길이 다하고 들길이 나왔다. 벼포기가 얼어붙은 논엔 물이 잡혀서 꽁꽁 얼어붙었고 그 위에 눈이 사뿐사뿐 내려앉아 쌓이고 있었다. 들길은 산길보다 바람이 더 세었다. 시퍼런 칼끝으로 귀때기를 오려 가듯 따끔따끔 아프고 뺨도 따귀를 얻어맞은 듯 얼얼했다.

곧이어 김막동이 다시 수작을 붙였다. 날씨도 춥고 하니 잔소리나 늘어놓으며 추위를 잊을 심보인 모양이었다.

"비장이 되어서 좋기는 하다만 여편네를 두고 온 생각을 하니 사나이 간장이 다 녹는 듯싶네."

"추운데 계집 타령인가? 사또님께서도 혼자 도임(到任: 관리가 근무지에 도착함)하시는데 우리가 처자식까지 데리고 간다 할 것인가?"

배비장은 그렇게 핀잔을 주었지만 그도 아내 생각이 전혀 없는 것은 아니었다.

"어흐, 생각만 해도 환장한다. 어저께 밤 여편네가 어떻게 울며불며 매달리는지 지금껏 다리가 후들거리네."

넉살 좋은 김막동이 한마디 하고 제풀에 히죽 웃었다. 그 소리에 배비장도 불현듯 아내의 따뜻한 살과 그 폭신한 몸집을 머릿속에 그려 보았다.

중화(中火: 길을 가다가 점심을 먹음) 점심은 안산현(安山縣)에서 하고 한 시간쯤 쉬었다가 다시 길을 재촉했다. 수원은 수주(水州)라고도 하며 유수(留守)가 있는 곳이다. 길을 떠난 지 서너 시간 만에 팔달산(八達山)이 보였다. 그러나 벌써 저녁 황혼 무렵이어서 그들은 우선 숙소부터 잡기에 바빴다.

당나귀에 휘둘려서 하루 종일 오느라 김 경은 엉덩이가 아팠다.

"이봐, 공방."

"예."

공방 비장이 된 사나이가 김 경 앞으로 나와 허리를 굽실거렸다.

"넌 빨리 숙소를 마련하여라. 정결하고 음식 솜씨 좋은 여염집으로 말이다."

공방 비장이 돌아서려 하자 사또는 다시 그를 불러 세웠다.

"잠깐 기다려라. 그리고 이방?"

"네."

역시 이방이 대답하고 나섰다.

"넌 각 비장으로부터 돈 두 냥씩을 거둬라."

"돈을 거둡니까?"

"그렇다, 그것이 너의 소임이니까. 그리고 호방과 함께 예쁜 수청 기생 몇 사람을 빌리도록 해라."

그제야 이방은 사또의 속뜻을 짐작했다. 공무로 부임하면 역관(驛館)에 들 수 있잖은가. 그런데 구태여 돈까지 거두어서 여염집에 숙박하겠다는 사또의 심사가 고약하기만 했다.

사또의 명령은 또 계속되었다.

"형방과 병방은 잘 듣거라."

"예."

"너희들은 숙소가 마련되거든 잡인의 근접을 막고 순라를 돌도록 해라.”

“예? 이렇게 추운 밤에 편히 잠도 못 자고 순라를 돌아야 합니까?”

“그렇다. 모두 너희들의 소임을 미리부터 익숙하게 만드는 내 계획이니라. 어김없이 시행하렸다.”

‘제기랄, 비장이라더니 하인 부려 먹듯 하네.’

각 비방들은 툴툴거리며 흩어졌다.

혼자 남은 배비장은 사또가 무슨 소릴 할까 잔뜩 긴장했다.

“배비장.”

“예.”

“자네는 예방 비장일세.”

“잘 알고 있습니다.”

“그러니 오늘 저녁의 자네 소임이 가장 중하다 말이야.”

“무슨 말씀이신지?”

“일테면 양반이 노는 데는 예법이 있는 것이니, 이방이 이 고을 수청 기생들을 데려오거든 넌 그 계집들의 품행이며 예의범절을 가르치며 캐 볼 것은 캐 봐야 한다.”

김 경은 점잖게 말했으나 배비장은 도무지 자신이 없어 이마에는 진땀이 배기 시작했다.

“어떻게 하면 됩니까?”

“어허, 그걸 모른단 말인가?”

“예, 소인은 아직 그런 방면에 소질이 없습니다.”

"그럼 가르쳐 주마. 대개 계집이란 세 가지 종류가 있느니라. 뚱뚱한 사람, 비쩍 마른 사람, 그리고 마르지도 않고 뚱뚱하지도 않은 사람, 이 세 사람 중에서 상중하를 매겨야 한다. 또 살갗이 검은 사람, 흰 사람이 있느니라. 이것 역시 상중하로 매겨야 한다. 마지막으로 살결이 매끄러운 사람, 찰떡처럼 말랑말랑하면서 끈질긴 사람이 있느니라. 그런 걸 일일이 살펴서 사또께 충성하는 것이 네 소임이렷다."

배비장은 기가 찼다. 그러면서 또 한편으로는 '내 마누라는 어떤 류의 사람일까? 상중하 어느 품목에 들까.' 하는 엉뚱한 생각이 들기도 했다.

"사또님의 분부는 잘 알았습니다만 어떻게 상품, 중품, 하품을 가리겠습니까?"

"이놈아, 그것도 모르느냐? 추울 땐 폭신한 솜이부자리가 필요하고, 더울 땐 얇은 홑이불도 귀찮지 않으냐? 또 입맛도 그렇다. 고기반찬에 물리면 채소도 먹고 싶고, 때로는 비린 생선도 먹고 싶은 게 인정이 아니냐?"

"예."

배비장은 그 말에 고개를 움찔하고 말았으나 마침 다른 비장들이 돌아와 물어볼 수도 없었다. 눈은 그쳤지만 찬바람은 여전히 매섭게 불고 있었다. 그래서 그런지 사람의 내왕도 드물었다. 다

만 언 땅을 저벅저벅 걸어가는 비장들 발소리와 사또가 탄 당나
귀의 방울 소리만 요란했다. 공방 비장이 마련했다는 여염집은 골
목길을 들어가서 작은 쪽대문이 달린 집이었는데 사람들이 자주
드나들어서인지 눈은 쌓여 있지 않고 질퍽거리만 했다.

"여깁니다. 사또."

공방 비장이 대문을 두들기자 작은 계집종이 초롱에 불을 밝히
고 마중을 나왔다. 사또는 당나귀에서 내리면서,

"배비장만 남고 너희들은 물러가라."

하고 안으로 들어갔다. 배비장은 가슴이 방망이질하는 걸 간신
히 참으며 엉거주춤 그 뒤를 쫓아 들어갔다.

"수청 기생은 몇이 나와 있는고?"

사또가 계집종에게 물었다. 원래 이런 몰풍류한 질문은 아전이
할 노릇인데도 김 경은 워낙 다급했던지 그것부터 물었다.

"셋이야요."

"셋이라고? 그럼 배비장, 넌 아까처럼 계집을 잘 감별하렸다.
몸도 고달프니 냉큼 하나 들여보내라."

김 경이 먼저 큰사랑 쪽으로 사라졌다.

배비장은 어둠 속에서 잠시 우뚝 서 있었다.

"호호호."

"호호호."

"호호호."

교성이 들리는가 싶더니 어느새 기생들이 버선발로 뛰어나와 그를 앞뒤로 끌고 밀고 야단들이었다. 역한 지분 냄새가 코를 찔렀다. 기생들은 곱게 화장한 얼굴에 눈썹은 한결같이 반달처럼, 그리고 입술은 빨갛게 연지를 발랐는데 그 새로 흘깃 보이는 치아가 상아처럼 반짝거렸다. 한 기생이 머리 기름내 나는 검은 머리를 그의 턱밑에 들이대고 방긋 웃었다.

"한양 낭군님, 어디로 가는 사또이신가요?"

"제주."

"어마나, 정말이여요?"

기생은 갖은 아양을 떨며 배비장의 간장을 녹였다. 배비장은 이런 일이 생전 처음인데다 모두가 예쁘게만 보이는 세 기생에게 둘러싸였으니 정신이 반은 나가 얼떨떨했다.

'그런데 어느 기생을 사또님 수청으로 들여보낼까. 얼굴도 그만하면 모두 십인십색(十人十色)이요, 몸도 호리호리 수양버들처럼 가냘픈데.'

배비장은 안방으로 끌려 들어가면서도 태산 같은 걱정이 앞섰다.

방 안은 기생이 사는 여염집답게 정결하게 잘 꾸며져 있었다. 커다란 거울과 자개 박은 반다지 벽엔 가야금이 걸렸고 곱게 기름칠을 한 장판엔 폭신한 요와 이불이 깔려 있었다. 윗목엔 술상을 차려서 상보를 덮어 한구석에 얌전히 놓아두었다.

"어서 그 활옷과 요도(腰刀)나 끄르세요."

한 기생이 그의 뒤로 돌아오더니 가슴을 지그시 밀어붙이며 활옷을 벗기려 했다. 배비장은 정신이 가물가물해졌다. 그가 술집으로 돌아다닐 때 반건달 소리를 들으며 실상은 계집들에게 소박을 받고 실속이 없었던 일이 생각났다. 그래서 그는 저 중국의 호색 소설 〈금병매〉에 나오는 시를 생각하며 기생들의 유혹에 눈 감으려 했다.

이팔가인 체사효 요간장검 참우부

(二八佳人 體似酵 腰間長劍 斬愚夫)

수연불견 인두락 암리초군 골수건

(雖然不見 人頭落 暗裡招君 骨髓乾)

즉, 이팔의 어여쁜 여인의 몸은 흡사 누룩과 같은 것이라 취해서 자기도 모르는 사이에 그 허리에 감추어진 칼로 어리석은 사나이의 목이 떨어진다. 비록 그 머리 떨어지는 것이 사람 눈엔 보이지 않아도 은연중 골수가 말라 들어간다.

그런데 지금은 동지섣달, 어떠한 수청 기생을 사또에 들일까 걱정이었다. 모두 마르지도 않고 뚱뚱하지도 않으니 참으로 난처했다.

그런 생각을 하고 있을 즈음 또 한 기생이 그의 손을 끌어 자기 젖가슴에 대면서 "무슨 생각을 하고 계셔요?" 하고 물었다.

배비장은 문득 한 생각이 떠올라 용기를 내어서 물었다.

"그대들 중에 누가 몸무게가 무거운가?"

"어머, 그걸 어떻게 알아요? 손님이 한번 달아 보세요."

셋이 모두 일시에 답하고 '깔깔' 웃어 댔다.

"아니야, 그런 게 아니야. 사또께서 추우신 날엔 그대들 중에서 제일 폭신하고 뜨뜻한 사람을 고르신다고."

그러자 기생들은 배를 잡고,

"어머."

"옴마나."

"어머나."

하고 방 안을 떼굴떼굴 구르며 웃었다.

이때, 방문이 활짝 열리며 상투 바람인 사또가 눈을 부라리며 나타났다.

"이놈아, 이 환장한 놈아! 네놈은 사또를 얼려 죽일 작정이냐?"

"사또님, 지금 마땅한 계집을 고르느라 땀을 빼고 있는 중입니다."

"닥쳐라. 겨울엔 이불 한 장으로도 춥다. 뭘 꾸물대느냐? 그 수청기생 셋을 빨리 등대(等待: 준비하고 기다림)하도록 하여라."

김 경이 방문을 거칠게 닫고 돌아서니 배비장은 한숨을 푹 내쉬었다. 사또에게 기생 셋을 모두 들여보내는 것이 아쉽고 허전했기 때문이었다.

이튿날 새벽 묘시(卯時: 오전 5시와 7시 사이), 배비장 일행은 새벽밥을 지어 먹고 일찍 출발했다. 그날은 진위(振威)에서 중화하고 목천(木川)을 거쳐 천안에서 묵고, 다음 날은 천안을 떠나 온양을 지나 공주로 들어갔다.

공주에서 다시 완주(完州)를 거쳐 전주부(全州府)에 이른 것은 한양을 떠난 지 엿새째다. 여기서 하루 묵고 다시 발길을 재촉하여 남도길로 내려가는데 그들이 남원 가까이 이르렀을 때였다.

예법에 퇴관(退官)한 정승 판서가 도임길 근방에 살고 있으면 반드시 문안을 드려야 했기에 김 경도 퇴관한 정승을 찾아가기로 했다. 그런데 노정승이 사는 마을은 산골 깊숙한 곳으로, 고개를 넘고 한참 가야만 집이 한두 채 있는 그런 산간벽촌이었다.

겨우 저녁 무렵이 되어서야 정승댁을 찾아 문안드리고 그날은 그곳에서 자기로 했으나, 숙소가 문제였다. 신임 제주목사 김 경은 그래도 정승댁 작은사랑에서 하룻밤을 쉬어 갈 수 있었지만 비장들은 각각 민가를 찾아 자야만 했다.

　사람이란 벼슬을 얻고 부자가 되면 마음이 변하는 모양인지, 김경도 가난했을 땐 자기 마누라 손목도 변변히 마음 놓고 만질 주제가 못되었지만 이제는 하루도 계집 없인 잠을 못 자는 것으로 알았다. 하지만 산간벽촌에 수청 기생이 있을 리가 없고 하다못해 술 파는 주모도 없었다. 그래서 각 비장들이 모여서 대책을 마련하기 시작했다.

　"어쩔꼬?"
　"계집을 데려오라 성화인데."
　이때, 배비장이 한마디 했다.
　"비장이란 원래 사또가 분부하면 물불을 가리지 않고 충성을 다해야 할 것이요."
　"암, 그렇고말고."
　다른 비장들도 고개를 끄덕여 동의했다.
　"그러니 미상불(未嘗不: 아닌 게 아니라 과연) 사또에게 여인을 한 사람 주선해서 바쳐야만 하오."
　"그러면 자네가 계집을 구해다 사또께 들여보낸다는 것인가?"
　다른 비장들이 반색했으나 배비장은 고개를 흔들었다.
　"우리가 각각 돈을 바쳐 비장 한 자리를 차지했는데 서열로 볼

때 이방이 우리의 어른이요. 그러니 사또께 충성도 제일 많이 해야 될 줄 믿소."

배비장은 은근히 자기가 이방이 되지 못한 화풀이를 이런 데서 골탕 먹이려 했다.

"그런 법은 없소. 돈을 많이 바친 것도 억울한데 또 이런 산중에서 계집을 구하는 어려운 일을 할 수 없소. 차라리 제비를 뽑아 누구든지 한 사람 그 소임을 맡도록 해야 하오."

이방은 다급했던지 얼굴을 붉히면서 더듬거리며 말했다. 다른 비장들도 이방 말에 찬성을 하여, 배비장은 할 수 없이 제비를 뽑기로 했다. 헌데, 재수가 없으면 뒤로 넘어져도 코가 깨진다더니 제비 뽑힌 것은 다름 아닌 배비장이었다.

"허, 재수 없다."

그러나 여러 사람이 약속한 일. 별수 없이 머리를 긁적이며 일어서서, 무거운 마음을 안고 형방 비장인 김막동과 둘이서 지정된 숙박 장소로 향했다. 배비장이 이른 곳은 산 밑에 있는 오두막집의 단칸방이었다.

"주인 있소?"

이어서 방문을 열고 고개를 내민 사람은 육십가량인 노파 할머니였다. 눈엔 눈곱이 끼어 진물렀는데, 눈을 두어 번 껌벅거리면서 의아해했다.

"웬일들이시유?"

"할머니가 주인이시요? 우리는 제주도로 가는 신임 목사의 수행인데 하룻밤 묵어가야만 하겠소."

"안 됩니다."

"왜요?"

"저의 집이 워낙 가난해서 손님들을 대접할 쌀도 없소이다. 그리고 저는 젊은 며느리와 단둘이 사니 재워 드릴 수 없소."

들고 보니 핑계가 가난하다는 것보다 젊은 며느리 때문이었는데, 배비장은 오히려 그 '젊은 며느리'란 말에 귀가 솔깃했다.

"돈은 따로 드리리다. 할머니도 아시다시피 이곳은 집이 몇 채 안 되어 우리 일행이 나누어서 하룻밤 자고 간다는 거 아닙니까? 그러니 하룻저녁 재워 주십시오."

배비장이 두 손 모아 빌 듯이 사정을 했고, 욕심이 많은 노파는 돈이란 말에 넘어갔다.

"그럼 재워 드리긴 재워 드리리다. 애, 아가야! 나와서 손님 저녁 차려 드려라."

노파가 안에 대고 말하자마자 한 여인이 나왔다. 나이는 겨우 스물 안팎으로 보였는데, 산골 여인답지 않게 살결이 흰 미인으로, 입은 옷은 남루했지만 사나이의 춘정을 끌 만했다. 여인은 그들 앞을 사뿐사뿐 눈을 내리깔고 지나가는데, 보니까 뒷머리를 쪽

지어 버드나무 비녀를 꽂고 베 헝겊을 감았다. 그녀는 젊고 아리따운 상제 과부였던 것이다.

배비장은 침을 꼴깍 삼켰다. 사또에게 드릴 그날 밤의 여인을 하늘에서 그에게 점지한 것이라고 속으로 기뻐했다.

이윽고 그들 앞에 밥상이 들어오는데 밥은 없이 감자가 서너 개, 산나물이 한 접시, 그것이 전부였다. 배비장은 '겨우 이것뿐이요.' 하고 말하고 싶었지만 꾹 참고 감자를 한입 베어 물었다.

저녁을 마치자 잘 채비를 하기 시작하는데, 노파는 자기가 두르고 있던 치마를 벗어 방 한가운데를 쳤다. 아마도 그걸로 경계선을 삼을 작정인 모양이었다. 그리고 가난한 집이라서 그런지 숫제 불도 켜지 않았다.

어두컴컴하고 흙내가 물씬 나는 토방에 배비장은 벌렁 드러누웠다. 연일 걸었기 때문에 고단해 죽겠지만, 며느리를 납치해다 사또에게 바칠 궁리를 하며 졸린 눈을 억지로 까뒤집고 허벅지를 꼬집어야 했다.

얼마쯤 지났을까.

시끄럽게 짖어 대던 마을의 개들도 잠잠했다. 바깥은 달도 없는지 캄캄했고, 옆에 누운 막동이는 코를 골고 있었다. 배비장은 몸을 돌리며 아랫목 쪽에 귀를 기울였다. 거기서도 쌕쌕 잠자는 숨

소리가 들려왔다. 배비장은 '됐다' 생각하고 엉금엉금 기어서 아랫목으로 침입했다. 그리고 어둠 속을 더듬어 매끄러운 몸을 찾아 덮치며 우선 그 사람의 입부터 막는데, 이상하게도 여자는 반항을 하지 않았다.

'과부라 사내 생각이 간절하구나.'

배비장은 그렇게 생각하고 여인을 들쳐 업고서 방 밖으로 나갔다. 그가 한 오십 보쯤 가자, 갑자기 등에 업힌 여인이 맹렬하게 버둥거렸다. 몸을 비틀고 그의 상투를 휘어잡고 꼬집고 떠밀고 야단이었다.

그러나 배비장은 여인이 고함치지 않는 것만 다행으로 여기고 사뭇 달리어 정승댁 작은사랑으로 갔다.

"사또, 분부하신 것을 등대하였습니다."

"오오!"

불을 끄고 이제나저제나 기다리던 김 경은 반색을 하며 얼른 문을 열고 맞아들였다. 그러나 여인은 소리를 치지 않을 뿐, 계속 반항하여 사또도 가슴을 떠 박질리고 불알까지 차이는 바람에 비명을 질러야 했다.

"여보게, 배비장, 이년이 표독스러우니 내 허리끈으로 손과 발을 단단히 묶어라."

배비장은 땀을 흘리며 어둠 속에서 간신히 앙탈하는 여인의 손과 발을 묶어 버렸다. 여인은 겁탈을 당하는 것이 부끄러운지 끝내 소리는 지르지 않았지만 숨소리만은 분해서 할딱거리고 있었다.

"사또, 그럼 소인은 물러가겠습니다."

배비장은 그렇게 말하고 돌아섰으나 사또 김 경은 대답하지 않았다. 그는 이미 야수(野獸: 사람에게 길이 들지 않은 야생의 사나운 짐승)가 되어 결박된 여인에게 덤벼드느라 정신이 없었던 것이다.

오두막집에 돌아온 배비장은 시장기에 속이 쓰렸다. 장정이 겨우 감자 두서너 개로 저녁 요기를 했으니 그럴 만도 했다.

배비장이 방문을 찾으려고 더듬는데 얼굴에 무엇인가 스치는 게 있어 가만히 만져 보니 얄따랗게 주걱같이 생긴 물건으로 좀더 자세히 살펴보니 문설주(문의 양쪽에 세운 기둥)에 매달린 오징어였다.

"이런 산중에 해중(海中) 귀물인 오징어가 있다니."

그는 그걸 갖고 몰래 방으로 들어갔다. 방 안은 잠시 전과 다름없이 김막동이가 코고는 소리만 요란했다. 배비장은 그 오징어를 어둠 속에서 으적으적 씹어 먹다가 어느 사이에 깊은 잠 속에 빠졌다.

배비장은 꿈을 꾸기 시작했다.

비지땀을 흘리며 사또가 젊은 과부의 발가벗은 몸을 부여잡고 허덕인다. 젊은 과부의 눈같이 흰 살결, 펑퍼짐한 엉덩이, 말랑말랑한 유방, 젖꼭지가 성을 내어서 오뚝 튀어나왔다.

그리고 신음 소리도 들린다. 남자의 거친 신음 소리와 여인의 애잔한 흐느낌이 엇갈린 기쁨의 신음 소리가. 그러다가 장면이 바뀌어 발가벗은 젊은 과부가 사또에게 쫓기어 그에게 구원을 청한다.

'살려 주세요!'

하고 와락 매어 달린다. 그 뜨뜻하고 매끄러운 살이 그의 몸에 스치며 몸이 뜨거워진다.

그러자 사또의 부라린 눈이 그를 무섭게 노려본다. 씩씩대는 숨결과 주먹이 눈앞에서 왔다 갔다 한다. 그러더니 사또의 손에 어느 틈에 지게 작대기가 들려졌는지, 그걸로 배비장의 어깨를 후려쳤다.

'아이고.'

배비장이 몸을 움찔하고 도망치다 눈을 뜨니 꿈이었다.

햇살이 눈부신 아침.

그런데 그의 어깨가 무거웠다. 작대기가 그의 어깨를 무섭게 찍어 누르고 있었기 때문이었다. 그뿐만 아니라 낯선 장정 두 사람이 그를 노려보고 있지 않은가.

"이놈, 이제야 잠이 깨었나? 아까는 좋아서 침을 질질 흘리더니 기분이 어떤가?"

배비장은 눈을 비볐다. 이게 꿈이냐 생시냐?

옆자리에 김막동이도 보이지 않고, 방 가운데 친 치마 너머로 꿇어앉은 김막동의 발가벗은 모습이 보였다. 더구나 그 옆에 고개를 들지 못하고 앉은 것이 이 집의 젊은 며느리가 아닌가.

정말 도깨비에 흘린 기분이었다.

"어서 일어서! 대감께서 네놈을 찾으신다."

그러고 보니 낯선 그들은 정승댁 하인인 모양이었다.

배비장은 비틀거리면서 일어섰다. 그 서슬에 간밤에 먹다 남은 오징어 다리가 바지 허리춤에서 방바닥에 떨어졌다.

'흠, 오징어까지 잡수셨군.' 하고 장정들은 비웃었지만 왜 그런지 젊은 과부와 한참 재미를 본 김막동은 그냥 두었다. 그러면 어째서 자기만 죄지은 사람처럼 잡혀간단 말인가.

배비장은 알다가도 모를 일이었다.

정승댁 댓돌 아래엔 사또 김 경이 꿇려 앉혀 있었다.

학처럼 몸이 마른 노정승은 사랑방 문을 열어젖히고 긴 장죽을 물고서 추상같이 호령했다.

"그놈을 잡아 왔느냐?"

"예."

"그놈도 제주목사 옆에 꿇려라."

이래서 배비장도 창피 막심하게 땅바닥에 꿇린 사또 옆에 무릎을 꿇었다. 사또의 얼굴은 백지장 같았고, 그 옆엔 쭈글쭈글 주름진 노파가 앉아 있었다. 알고 보니 배비장이 업어다 준 것은 젊은 과부가 아닌 늙은 과부였던 것이다.

"잡으러 갔을 때 그놈이 뭣하고 있드냐?"

　　노정승이 하인에게 준엄하게 물었다.

"씩씩 잠자고 있었습니다."

"잠을 자? 간덩이가 큰 놈이로구나."

"예, 어찌나 곤하게 자는지 씹어 먹던 오징어 다리를 물고 자고 있었습니다."

　　그러자 옆에 있던 노파가 깜짝 놀라서 되물었다.

"오징어를 먹다니요?"

　　노정승이 그 말을 듣고 고개를 갸웃하며 물었다.

"그 오징어가 할미 집 물건인가?"

"예 대감님, 그것은 쇤네 집에서 보물처럼 아끼는 것입니다."

"보물이라니? 산중 해물이 귀한 곳이긴 하지만 그렇게 소중하단 말인가?"

"예, 약으로 쓰던 것이니까요."

"약이라? 대체 무슨 약인고?"

　　노정승의 추궁에 노파는 난처한 안색을 지으며 입을 열었다.

"아뢰옵기 황송합니다만, 그 오징어로 말하자면 늙은 쇤네가 남원 장에서 한 돈 주고 사 온 것입니다."

"그래서?"

"쇤네가 전부터 치질이 있어 그걸 화롯불에 뜨뜻이 녹였다가 맨살에 깔고 앉으면 치질이 곧 가라앉습니다. 그래서 벌써 여러 달째 그걸로 약 대신 써 왔습니다."

그 말을 들은 배비장의 얼굴은 말이 아니었고, '욱' 하고 속까지 치밀어 비위가 확 뒤집히더니 마침내 '웩 웩' 하고 헛구역질을 해 댔다. 오징어, 그것도 피고름으로 아마도 반은 썩었을 오징어. 그런 걸 허겁지겁 먹다니.

"에잇, 저런 고약한 놈 같으니라고. 훔쳐 먹을 게 없어 소위 비장이라는 자가 늙은 할망구 엉덩이 냄새 나는 오징어를 먹었단 말이냐?"

노정승은 껄껄 웃으며 호령하고는 가래침을 탁 뱉었다.

얼마 있다가 노정승은 엄한 시선을 사또에게 향했다.

"너, 상감님의 영을 받들어 백성을 다스린다는 목민관. 그래 계집에 환장했기로서니 늙은 노파에 손을 대었단 말이냐?"

"……."

사또 김 경은 아무 말도 못하고 고개를 푹 숙였다.

"입이 있으면 말을 하라. 난 남녀가 서로 어울려 강탈하는 네 죄가 가증스럽기 짝이 없단 말이다."

"대감, 주책없는 소인을 벌주소서. 하지만 소인이 계집을 묶어 놓고 행사하였음은 옛글을 좇아 행했을 따름입니다."

"뭐, 옛글이라고? 이봐라, 그런 글이 어느 성현의 가르침이더냐?"

"소인이 무식해서 많은 글은 읽지 못했습니다만 역서(曆書)에 남녀 관계란 결혼인(結婚姻)이라 했습니다. 그래서 결, 즉 묶어 놓고 행사하였을 뿐입지요."

"허허허, 그 말이 과연 그렇긴 하다. 그런데 너?"

노정승은 배비장을 준엄한 얼굴로 노려보며 말을 이었다.

"네가 저 노파를 업어다 사또께 들였느냐?"

"예."

"그럼, 그 노파가 버둥거리더냐?"

"처음엔 가만히 있더니 중간에서 소인의 상투를 쥐어뜯으며 지랄 발광했습니다."

"음, 그러더냐, 남녀의 운우(雲雨)란 합환(合歡)인즉, 서로 즐기지 않고 한쪽만 즐김은 죄가 된다. 여인이 버둥거리고 싫은 내색을 하면 그를 풀어 주어야 할 텐데 네 입으로 싫어하는 걸 억지로 데려갔다니 죄가 크다. 알겠느냐?"

"예, 그저 죽을 목숨, 대감님의 자비를 비옵니다."

노정승은 그런 배비장을 물끄러미 바라보더니 다시 한층 엄숙하게 소리를 가다듬어 꾸짖었다.

"사또는 능히 그 발명(發明: 죄나 잘못이 없음을 말하여 밝힘)을 했다. 그리고 양반을 욕 줄 수는 없는 일, 그 대신 넌 죄가 있으니 상전 대신 볼기 열 대만 맞아라."

"예? 볼기를 열 대씩이나 맞아야 하나요?"

하지만 노정승은 고개도 까딱 않고 추상같은 명령을 내렸다.

"여봐라, 저놈의 볼기를 쳐라."

그러자 하인들이 우르르 달려들어 배비장의 바지를 벗기고 형틀에 붙들어 매었다.

"철썩!"

"철썩!"

매가 떨어질 때마다 배비장은 비명을 지르고 구슬 같은 눈물을 뚝뚝 흘리었다. 그리고 마음속으로 맹세하길, '계집은 마물이다! 다시는 계집 손목도 안 만지리라.' 하고 수없이 뇌까렸다.

5. 물에 빠지면 여자 알몸으로

  배비장 일행은 그 마을에서 쫓겨나다시피 떠났다.

  이튿날은 남원에서 자고 다시 길을 재촉하여 곡성, 화순, 장흥으로 갔고, 마침내 강진, 해남에 다다랐다. 한양을 떠난 지 보름이 넘어 이젠 뱃길만 남았을 뿐이다. 해남엔 신임 목사를 맞으러 제주부에서 하인이 와 기다리고 있었다.

  배비장은 곤장 맞은 엉덩이가 아직도 아팠지만 해남에 와서 비로소 비장 된 보람을 찾을 수 있었다. 그런데 해남에서 언제까지 있을 수가 없고 곧 배를 구해서 제주로 건너가야 했기에 하루는 배비장이 방자(조선 시대에, 지방의 관아에서 심부름하던 남자 하인)를 데리고 바닷가로 나갔다.

이름이 '돌이'인 방자는 아주 영리해서, 윗사람에게 아부 잘하고 수하 사람에게는 뽐내는 간사한 인간이었다. 그래서 그는 첫눈에 제일 무모하게 보이는 배비장에게 환심을 사려고 갖은 교태를 다 부리기 시작했다.

"비장 나으리, 허리가 아프신가요? 밟아 드릴까, 주물러 드릴까?"

"나으리, 나으리의 분부이시면, 견마(犬馬)의 충성을 다 바치겠습니다."

방자는 아첨을 하고 비위를 맞추기도 했다. 그러니 배비장은 기분이 흐뭇해져서, '돌아' '돌아' 하고 말끝마다 그를 찾았다.

그날도 그들은 바닷가로 나가 멀리 제주 쪽을 바라다보고 앉았다.

해변 모래사장엔 파도가 밀려와 부서지고 그곳엔 조개며 소라 껍질이 뒹굴고, 해변 소나무엔 까치가 앉아 '까악~ 깍, 깍!' 하고 지저귀고 있었다. 시절은 벌써 섣달그믐이 가까운 엄동설한이었지만 남쪽인 해남은 봄철마냥 따뜻하기만 했다. 하긴 음력 정월이면 해당화가 피는 남쪽이었다.

이윽고 배비장이 물었다.

"예서 제주까지 몇 리인고?"

"뱃길 천 리라 하옵니다."

방자가 공손히 대답했다.

"그러면 여러 날이 걸리겠군."

"아닙니다. 풍세(風勢)만 좋으면 하루로 충분합죠."

"하루에?"

천릿길을 하루에 간다니 생전 처음 바다를 보는 배비장은 눈이 둥그레졌다. 돌이는 배비장의 그런 얼굴을 보니 뽐내고 싶어져서 신이 나 주워섬기기 시작했다.

"일기가 청명하고 서풍이 솔솔 불어오면 꽁무니 바람에 양 돛을 갈라붙이옵고 화살처럼 막 달리옵지요. 뱃머리에 부딪치는 물결 소리도 들을 만합니다만 술이나 한 병 차고 누워 있으면 기분이 그지없이 좋으나이다."

"음, 그렇게 뱃길이 순하면 한양에서 육로보다 해로로 올 걸 그랬구나."

"그러나 나으리, 바다는 심술궂습니다. 어쩌다 돌풍을 만나면 배가 뒤집히죠."

"그게 정말이냐?"

"나으리께 소인이 어찌 거짓 말씀을 하겠습니까?"

"큰일이구나."

배비장은 얼굴빛이 새파래지며 울상이 되었다.

"난 헤엄이라곤 칠 줄 모른다."

"하지만 나으리, 염려 마십시오. 이 방자가 있는 이상 걱정 마십시오."

"무슨 좋은 수라도 있단 말이냐?"

"예, 저는 바다에서 낳아 바다에서 자란 섬놈이올시다. 물에 빠진 나으리 하나 들쳐 업고 십 리는 못 헤엄치겠습니까? 그러니 안심하십시오."

그제야 배비장은 가슴을 쓸어내렸다.

"나으리는 제주가 처음이십니까?"

"음, 머리에 털 난 후 처음이다. 넌 제주도 실정을 잘 아느냐? 그곳 사정을 말해 보아라."

"제주는 첫째 기후가 좋지요. 어여쁜 기생도 많고."

"얘, 애야, 기생 말은 말아라."

배비장은 진저리를 치면서 말했으나, 돌이는 입을 다물지 않고 계속했다. '세상에 계집 싫은 사나이가 어디 있는가. 계집 얘기만 하면 입이 헤헤 벌어지는 법이다.' 방자는 그렇게 생각하고 열심히 말하기 시작했다.

"그 중에서 애랑(愛娘)이란 애가 천하일색입니다. 생김새는 옛날 월(越)나라의 서시와 같고 당나라 양귀비처럼 그 몸에선 향내가 풍기고, 칼을 드리 뽑고 천하를 주름잡은 항우를 울려 준 우미인(虞美人)에 견줄 만하며, 버들같이 가는 허리와 늘씬한 장딴지는 한 번 사나이 몸에 감기면 놓을 줄 모릅니다. 나으리도 한 번 보시면 홀딱 반하실 겁니다."

"그만둬라! 또 그따위 소리를 하면 바다에 던지겠다."

배비장이 짐짓 버럭 화를 내니 돌이는 찔끔해서 자라목처럼 목을 움츠렸다.

사흘이 지나, 바다가 잔잔해지며 햇볕에 파도가 목을 움츠리고 있던 날, 사공들이 와서 아뢰었다.

"사또, 배에 오르십시오."

"오냐."

사또는 여러 비장을 거느리고 배에 올랐다.

배는 해남 현감이 목사를 위해서 새로 단장한 것이었다. 배 고물엔 난간을 치고 또 그곳에 장막을 치고, 깨끗한 돗자리를 깔고 산수와 모란을 그린 병풍으로 칸막이를 했다. 그리고 사또 궁둥이가 아플까 염려하여 비단 보료까지 깔았다. 또한 학을 수놓은 베개, 담배통, 재떨이, 타구(唾具), 갖출 것은 다 갖추었다.

김 경도 오늘에야 비로소 제주목사가 된 기분이 들 정도였다.

이윽고 포성이 은은히 들려오니, 그것을 신호 삼아 배는 천천히 바다로 나아갔다.

배 띄워라 배 띄워라.

만경창파에 배 띄워라.

사공들이 노래를 부르니 비장들도 어깨가 움찔거렸고, 배는 이내 넓은 바다로 나갔다. 도사공(都沙工: 뱃사공의 우두머리)은 키를 잡고 뱃사공들은 바삐 배 위를 뛰어다니며 돛을 달고 아디(아딧줄, 바람의 방향을 맞추기 위하여 돛을 매어 쓰는 줄)를 틀어 놓으니, 돛대는 바람을 안고 바다를 미끄러지듯이 나아갔다. 뱃길은 순탄하고 가도 가도 시퍼런 바다라 심심하게도 보였다.

사또는 비장들을 불러 놓고 술자리를 벌였으나, 배비장은 한구석에 쭈그리고 앉았다. 남원 근처 산골에서 늙은 노파를 업어다 준 죄로 사또의 미움을 받아 기를 못 펴는 요즈음이었다.

"자, 사또님 한 잔 드십시오. 헤헤!"

다른 비장들이 연신 술을 따라 올리며 아첨을 하자, 배비장도 가만히 있을 수가 없어 술을 한 잔 따라 올리고 절까지 넙죽하였는데도 사또는 힐끔 배비장을 보더니 외면했다. 아직도 사또는 단단히 틀어져 있었으나 술이 한 잔 두 잔 들어가니 사또의 마음도 좀 누그러져서 시를 읊조렸다.

어화, 좋구나. 만경창파,

호호창랑 노화월(浩浩蒼浪盧花月),

구름 가듯 달 가듯 배가 가는구나.

"그렇습니다. 모두 사또의 위엄에 눌려 바다가 조용한 것입죠."

비장들이 앞을 다투어 사또를 추켜세웠다. 그럴수록 기승하는 것이 사람의 본능이던가. 더구나 가난하게 살다가 금시발복하여 제주목사가 된 그는 안하무인이었다.

"누구냐? 제주길 배 타기가 저승길처럼 어렵다고 한 것은. 정녕 이렇듯 잔잔하고 거울 같은 바다이니 겁낼 바 없도다. 그리고 누워서 떡 먹기는 눈 위에 떡고물 떨어지기 일쑤요, 앉아서 똥 누기는 발허리나 시지 별게 아니로다. 내 한양에서 일찌기 들으니 바다엔 꼬리 큰 고기가 있다 하던데 그 말이 옳으냐?"

비장들은 그 말에 서로 얼굴을 마주 보고 고개만 갸우뚱거리자, 사공 한 사람이 아뢰었다.

"사또, 고정하옵소서. 개울, 방죽, 연못에도 수신(水神)님이 있다 하온데, 하물며 바다인들 없겠습니까? 제발 취중이라도 말씀 삼가하십시요. 용왕님이 행여 노하시면 우리 같은 인생 고기밥이 될 것입니다."

그 말에 사또는 얼굴이 흙빛이 되어 술잔을 떨어뜨렸다. 그러나 체면상 떨 수는 없어,

"어흠, 어흠!" 하고 헛기침을 했다.

배는 어느덧 추자도를 멀리 보고 지나갔다. 추자도를 지나면 완전히 제주까지는 망망대해다. 해도 중천에 걸렸다가 어느덧 서천

에 기울고 해남을 떠난 지 네댓 시각이 되었다.

"제주가 예서 얼마나 되는고?"

"이제 반 왔습니다."

"음, 그러느냐? 그러면 해 떨어지기 전에 제주에 당도하겠구나."

그럴 즈음인데, 뱃사공은 그 대답을 않고 돛을 내리고 아디를 틀고 분주했다. 사또는 영문을 모르는데 뱃사공은 남쪽 하늘을 손짓해 보였다. 곧 이어 좁쌀만 한 까만 구름이 한 점 하늘에 떴다 싶더니 금세 뭉게뭉게 퍼지며 하늘을 덮어 오기 시작했다.

"왜풍(倭風: 왜바람. 방향이 없이 이리저리 함부로 부는 바람)이다!"

뱃사공이 고함을 쳤다.

그와 동시에 검은 구름이 온통 하늘을 뒤덮더니 주먹만 한 소낙비가 내리고 파도가 거칠게 넘실대기 시작했다. 금세 밝았던 햇빛도 어디로 사라지고 침침해지며 바람이 불더니 장막이며 병풍을 날려 보냈고, 갓도 날아가 떼굴떼굴 굴러갔다.

"이놈들아, 내 의관 좀 잡아라!"

그러나 그 소리는 바람 소리, 빗소리에 덮여 들리지 않고 비장들도 자기의 벙거지 찾기에 쩔쩔댔다. 그뿐만 아니라 파도가 철썩철썩 뱃전을 때리고, '우지끈, 뚝!' 하며 돛대가 뚝 부러졌다. 가히 꼬리 큰 물고기가 조막만 한 일엽편주(一葉片舟)를 손 위에 올려놓고 거친 콧심을 불어 대듯, 다음 순간에 하늘 높이 배가 올라갔다.

천 길 물속에 배가 거꾸로 박힐 듯 까불었다.

사또는 술이고 안주고 아침에 먹었던 밥이며 노랑 똥물까지 '웩, 웩' 하고 토하며, 부러진 돛대를 껴안고 부들부들 떨고만 있었다. 그것은 비장들도 마찬가지로 아무거나 붙잡고 죽을 둥 살 둥 버둥대었다.

"어이고, 내가 죽는구나. 우리 마누라가 날 버리고 가지 말라고 그렇게 성화를 내더니 마누라의 원성이 사무쳐 하늘이 날 죽이는구나."

"여보, 당신은 마누라나 있다마는 난 아직 장가도 못 들었네, 그래서 제주에 가 돈냥깨나 벌어서 장가들라 했더니 이렇게 죽을 줄 누가 알았던가. 내 한 몸 죽는 것은 원통치 않다마는 우리집에 씨가 끊어져 조상님 대할 면목이 없소."

"우리가 이렇게 된 것은 주책없는 사또가 하늘 무서운 줄 모르고 천지 넓은 줄 모르고 한 망발 때문에 용왕님이 진노하신 거다. 원망하면 뭣하랴, 차라리 죽기 전에 사또에게 바친 돈이나 달라구 하자."

"죽을 마당에 돈을 달래서 무엇에 쓰나?"

"돈을 받아서 저승에 갈 때 뇌물이나 주어야지. 이승이나 저승이나 돈이면 다 통하는 세상, 돈 없는 건달 귀신은 되고 싶지 않네."

"그런가? 그럼 나도 달래야 하겠군."

이런 말을 듣는 사또의 애는 더욱 탔다. 배 속에 있는 걸 모두 토해 냈기 때문에 기운도 없었지만, 양반 체면에 상것들에게 봉변을 당하는 것이 괘씸하고 분했다. 그래서 젖 먹던 힘을 다 쥐어짜,

"사공! 사공!"

하고 외쳤다.

"예, 예, 부르셨습니까?"

"이놈, 양반이 약간 어지러워서 의관을 바로 하지 못하고 좀 으슬으슬 떨고 있다마는, 넌 명색이 사공으로 이까짓 비바람에 얼굴이 송장이 되어 떤단 말이냐?"

"떠는 게 아니라 바닷물을 하도 많이 먹어서 얼굴이 퍼렇게 물들었습니다."

"으흠, 그건 그렇다고 하자. 헌데 이 위국을 벗어날 좋은 수는 없느냐?"

"없기야 하겠습니까?"

그 말에 사또는 물론 여러 비장들도 귀가 솔깃해서 사공의 입을 쳐다보았다.

"사또님은 물론 여러 비장님들께서도 이 바닷물을 다 마셔 버리면 괜찮을 것입니다."

"그럼 배가 터져 죽지 않겠느냐!"

"죽으면 이런 고생도 모면할 게 아닙니까?"

"예끼, 이놈!"

사또는 죽을 생각을 하니 눈물이 비 오듯 쏟아졌고, 비장들도 이제는 체면이고 뭐고 다 버리고 '어이고 어이고' 비통한 통곡을 했다.

사공이 이런 정경을 보자 약간 민망했던지 위로의 말을 했다.

"사또, 너무 슬피 우지 마십시오. 인명은 재천이라 설마 하늘이 무너져도 솟아날 구멍이 없겠습니까?"

그 말은 가히 지옥에서 부처님을 만난 심정이어서, 사또와 비장들은 넙죽 엎드려 사공에게 애걸복걸했다.

"어떻게 하면 살아나겠소? 사공님, 우리는 사공님의 처분만 기다리겠소."

그러자 사공은 더욱 엄숙한 표정으로 말했다.

"자고로 바다의 용왕님의 진노를 풀려면 인당수에 몸을 던진 심청 모양으로 사람을 바다에 던져야 합니다."

"그게 정말인가?"

"예."

사공은 눈살 하나 찌푸리지 않고 대답했다.

그 즉시, 사또 김 경의 머릿속에 문득 떠오르는 게 있었다.

한 사람을 제수(祭需)로 바치어 모든 사람이 산다면 그 아니 좋은 일인가.

"여봐라!"

"예."

각 비장들이 일시에 대답했다.

"너희들도 들어 알겠지만 용왕님이 제수를 달라 하신다. 그러니 너희들 중에 누구 한 사람이 여럿을 위해서 죽어 줘야겠다."

그 말에 각 비장들이 또 한 번 슬피 울기 시작했다.

"너희들 모두에게 죽어 달라 하는 건 아니다. 내 이미 결정한 바가 있으니 울음을 그치고 내 말을 들어라. 저 예방 비장을 바다에 던져라."

사또는 언성을 가다듬어 호통을 쳤다. 사람의 인심은 야박하고 무서운 것이어서 남의 죽음은 제 콧물감기만큼도 생각지 않는 게 인정이었다. 금방 죽을 줄만 알았던 비장들이 우르르 달려들어 배비장을 꽁꽁 묶었다. 배비장은 이미 혼이 반은 나갔지만, 살고 싶은 마음이 간절하여 무수히 빌며 또 애원했다.

"여러 어른들, 난 아무런 죄도 없소. 나는 새우젓 장수의 아들로 태어나, 크면서 호걸들에게 술과 고기와 계집을 안겨 주며 무과 벼슬한 공덕이 있을지언정 죄는 눈꼽만큼도 없소."

"이 자식아, 네가 우릴 위해서 죽는데 무슨 잔소리가 많으냐? 그리고 네가 새우젓 장수 자식이라니 그 수많은 새우들의 원한이 너에겐 아마도 철천지원수일 게다."

비장들은 배비장을 질질 끌어 사공 앞에 데려갔다.

"사공님, 사공님, 제 한 몸이 저 성난 바다에 던져진다고 이 사나운 왜풍이 가라앉겠습니까? 죽으면 다 같이 죽을 것이지 나 혼자는 억울해서 죽지 못하겠소."

"여보, 당신을 보아한즉 한양의 부잣집 자제인 듯싶은데 수중에 노자돈이라도 듬뿍 갖고 있소?"

"그건 왜 묻소?"

"당신은 돈이 이 세상을 좌우한다는 걸 모르시오?"

배비장이 가만히 생각해 보니 그 말이 과연 그럴듯했다. 더구나 집을 떠날 때 그는 돈 이백 냥을 꽁꽁 따로 묶어서 품에 지니고 왔다. 그 돈은 제주에 가면 양태(갓의 둥근 테)로 이름난 곳이라 그 물건을 사 가지고 한양으로 가서 큰돈을 벌까 해서 마련한 돈이었다.

"돈은 좀 있소만 왜 그러시오?"

"돈이 있으면 좋은 도리가 있어 그러오."

"그럼 얼마나 있으면 되오?"

"그거야 비장 나으리가 말하시구려."

"이백 냥 있소. 이백 냥이면 되지요?"

그제야 사공은 알았다는 듯이 고개를 끄덕였다.

"어서 내시요. 이백 냥은 좀 싸지만 당신의 목숨을 위해서 별수없소이다."

이리하여 사공이 배비장 대신 바다에 던지게 된 제수는 어느 틈에 마련해 두었던지, 선창 밑에서 빼빼 마른 빨간 털북숭이 돼지 한 마리를 끌고 나왔다. 그리고 가마니를 깔고 뱃전에 청기(靑旗), 홍기(紅旗)를 꽂고 쌀을 세 줌 바다에 휘휘 뿌리더니,

"천지건곤(天地乾坤) 일월성신(日月星辰) 온갖 신령님은 굽어 살피소서. 모월 모일 모시 한양 사는 새우젓 장수 아무개의 아들 아무개 대신으로 돈(豚: 돼지) 한 마리를 바다에 던지니 가납(嘉納: 달갑게 받아들임)하시고, 순풍을 내리소서."

하고 돼지 뒷다리에 가는 밧줄을 단단히 붙들어 매고 바다에 던졌다.

그런데 웬걸, 다음 순간 하늘처럼 치솟았던 배가 뚝 떨어져 처박히는 바람에 배 안에 탄 모든 중생들은 낙엽처럼 구르며 정신을 잃고 말았다.

얼마 후.

배비장은 정신이 들었다. 그런데 등허리는 서늘한데 가슴과 배는 따뜻했으며 코에는 박가분(朴家粉: 화장품. 예전에 박씨가 만들었다는 여자들 분) 냄새와 동백 머릿기름 냄새가 넘실댔다.

여인의 냄새.

배비장은 깜짝 놀라 눈을 둥그렇게 떠 보니 자신이 낯선 여인

에게 안겨 있었는데 그 여인도 발가벗었고 자기도 발가숭이였다.

'내가 죽었나? 그때 배가 파선해서 고기밥이 되었을 텐데….'

그는 눈길을 들어 사방을 살펴보았으나, 어스름 어둠이 깃들어 방 안을 잘 살펴볼 수가 없었다. 하지만 뿌연 영창과 은은히 감도는 향기, 그의 몸은 폭신한 비단 이불에 누워 있었고 여인의 통통한 다리와 팔이 그의 몸에 찰거머리처럼 감겨 있었다.

배비장이 몸을 꿈틀대자 여인도 눈을 뜬 모양인지, 어깨로 돌렸던 팔을 풀어서 다시 배비장 목을 감으며 새까만 눈으로 쳐다보았다. 꽤 어여쁜 얼굴이었다.

"낭자는 뉘시오?"

"호호호."

배비장은 조심조심 물어보았으나, 여인은 웃기만 했다. 박속같은 잇몸이 드러나며 옥수수 알같이 고르게 박힌 이가 밤눈에도 반짝였다.

"이곳은 용궁입니까? 그렇지 않으면 천상의 극락세계입니까?"

"호호호. 이곳은 제주도예요."

"뭐요? 이곳이 제주도라?"

배비장은 알다가도 모를 일이었다. 그가 살았다는 것도 꿈만 같은 일인데 어느 틈에 젊고 아름다운 여인을 끼고 누워 있는 것일까?

"네, 여기가 나으리께서 오시게 된 제주도 화북진(禾北鎭: 현재의 지명은 화북동 어항)이랍니다. 나으리께서는 다른 분들과 이곳에 배를 타시고 떠밀리어 왔습니다."

여인은 계속 '호호' 웃으며 배비장의 몸구석을 만지다가 무엄하게도 배비장의 양다리 사이까지 더듬었으나 배비장은 욕심이 날리 없었다. 아니, 여인이라면 입에서 신물이 날 정도였다. 여인 때문에 모든 일이 그르쳐지고 또한 사또의 미움까지 받아 하마터면 죽을 뻔하지 않았던가.

그래서 배비장은 몸을 빼려고 뒤틀었다.

"어머 벌써 일어나세요? 아직 날이 밝으려면 멀었는데……."

여인은 짐짓 놀라며 계속 배비장의 연장을 살살 주물렀다.

하지만 간사한 것이 사람의 마음인지, 배비장도 아주 생병신이 아닌 다음에야 여인의 보들보들한 손끝에 놀아나는 자기의 육체가 성을 내는 것을 막을 수가 없어서 벌떡벌떡 일어서기 시작했다.

"헌데 낭자는 도대체 누구시오?"

"호호호, 저희들은 제주부에 몸이 매인 기생들이죠."

"기생들? 아니 그러면 당신 말고 다른 기생들도 이곳에 와 있단 말이요?"

"그러믄요. 아마 지금쯤은 옆방에서 다른 나리들과 한참 재미보실 거예요."

여인은 얼굴을 붉히며 적극적으로 사나이를 유혹하기 시작했고, 배비장은 다른 사람들도 계집을 끼고 누워 있다는 말을 들으니 마음이 얼마간 놓였다. 하지만 아직도 궁금한 것이 한두 가지가 아니다. 그러자 여인은 배비장의 속심을 꿰뚫어보기나 하듯 그 작은 입을 놀려 종알거렸다.

"나으리의 물건은 남달리 늠름한 독장군이신데 마음은 콩알만 하시군요. 계집 하나 마음대로 못 다루시는 바보분인 줄 알았더라면 딴 방에 들어갈 걸 그랬어요."

"그게 무슨 소리냐?"

"나으리, 제주 이곳엔 예부터 전해 내려오는 풍습이 있어요. 바다에 빠져 다 죽어 가는 사람의 언 몸을 녹이려면 저희들 여인의 알몸이 제일 좋지요. 너무 더워도 못쓰고 너무 차가워도 못쓰니까요."

배비장은 그 말에 고개를 끄덕였다. 더구나 지금은 음력 섣달이다. 아무리 남쪽 나라 제주도라 해도 바다에 빠진 몸은 꽁꽁 얼었으리라. 또한 언 몸을 녹히는 덴 열 겹 이불보다 따뜻한 여인의 살이 백배 천배 나은 것도 알 만했다.

마침 문 밖에서 저벅저벅 소리가 들리기에 배비장은 겨우 홑바지만 찾아 입고 영창문을 열었다. 문밖에 서 있는 사람은 의외로 제주부의 아전으로 있는 방자였다. 돌이는 배비장을 보자 허리를 굽실거리며 인사를 했다.

"소인 문안드립니다."

"오냐. 너도 무사하니 다행이로구나."

"소인이 죽었었나요?"

"그렇게 무시무시한 왜풍을 만나고서 넌 까딱도 안 했단 말이냐?"

"헤헤, 그 말씀입니까? 아, 그런 왜풍을 한두 번 당했나요? 가만히 뱃전에 몸을 결박하고 누워 있으면 바람이 절로 가라앉고 배가 제주에 닿는걸요."

"그건 그렇다 하고 배가 고파 허리도 못 펼 지경이다. 어서 요기나 시켜다오."

"그래서 나으리를 모시러 왔습죠."

돌이는 또 한 번 허리를 굽실거렸다.

이윽고 이방 저 방에서 비장들이 고개를 내밀었다. 바지만 겨우 걸치고 얼굴이 시뻘건 걸 보면 그들도 이제껏 발가벗고 계집과 끼고 누웠다가 일어난 모양이었다. 그리고 제일 나중에 점잔을 빼고 사또 김 경이 나타났다.

사또는 상투 바람으로, 몸은 뽀송뽀송 오히려 땀이 나서 번들번들한데 상투는 젖은 게 채 마르지도 않고 허옇게 소금쩍까지 앉아 있었다.

"어흠, 시장하다. 이놈들아, 어서 요기 좀 시켜라."

사또는 여전히 호통을 쳤다.

얼마 후, 김이 무럭무럭 나는 뚝배기 그릇이 날라졌다. 걸쭉하게 제법 손바닥만 한 돼지고기가 털이 달린 채 퉁퉁 떠 있는 돼지국이었다. 사또를 위시하여 비장들은 워낙 굶주렸던 탓에 허겁지겁 먹기 시작했다.

그런데 먹고 나자 아무래도 맛이 이상했는지 모두들 기묘한 낯을 했다. 자기들 창자가 바닷물에 절었는지, 생전 처음 먹어 보는 제주 음식이 짜서 그런지, 이건 소금국이 아니라 사뭇 소태처럼 썼기 때문이었다.

"아이구 써!"

"물을 달라. 물을!"

배비장도 고기 한 점을 씹다가 어찌나 억세고 짠지 뱉고 말았다. 그런 모양을 돌이는 싱글싱글 웃고서 바라만 보니, 사또가 그걸 보고 버럭 소리를 질렀다.

"이놈아, 넌 어째서 웃기만 하느냐?"

"소, 소인은 그저 혼자 웃었을 뿐이옵니다."

"이놈아, 네가 분명히 한양 양반을 보고 웃었는데 저 혼자 말뚝을 보고 웃었단 말이냐? 당장 저놈을 잡아 볼기를 치렸다."

"소인은 아무 죄 없습니다. 다만 사또 안전(案前: 존귀한 사람이 앉아 있는 자리의 앞)과 비장 나으리들이 정신이 깨시면 시장하실 거다 하면서 사공들이 돼지를 잡아 끓여 놓은 걸 이렇게 대접한 죄밖에 없습니다."

"뭐 사공 놈들이! 이따위 소금물에 절이다시피 한 돼지를 우리에게 먹였다더냐?"

"네, 바다에 띄운 돼지가 아깝다 해서 도로 건져 삶은 것입니다."

"뭣이라구?"

사또는 눈이 뒤집혔다 수신제를 지낸 돼지를 잡아서 먹이다니, 그게 무슨 짓인가. 사또는 노발대발하며,

"사공 놈을 불러라, 내 마땅히 그놈들을 능지처참하렸다."

하고 앞에 놓인 뚝배기를 내리쳐 부쉈다.

그러나 돌이의 대답은 담담했다.

"아뢰옵기 황송하오나 사공들은 엊저녁에 도로 해남으로 돌아갔습니다."

"으엉?"

사실은 해남 뱃사공과 제주의 아전들이 짜고 농간을 부린 것을 신령이 아닌 사또나 비장들이 알 까닭이 없었다. 그들은 이런 때를 이용해서 거만하고 백성들을 못살게 구는 양반을 골탕 먹여 왔던 것이다.

뱃길을 수십 년 다닌 그들인지라 왜풍이 얼마 만하면 배가 가

라앉지 않는다는 것을 다 알고 있었다. 그리고 돛대와 키가 부러져도 바다의 물결은 자연히 배를 흘리어 제주도로 떠나보내는 것까지 계산에 넣고 있었던 것이다.

그뿐만 아니라 양반의 기를 크게 꺾어 놓고, 배비장을 속여서 뺏은 이백 냥은 부러진 돛대와 키를 고치는 데 스무 냥을 쓰고 나머지 백팔십 냥은 제주의 아전들과 나누어 갖고 그들은 그 밤으로 해남으로 돌아갔다.

신임 제주목사 김 경은 크게 망신을 당했다. 더구나 그가 아직은 알지 못하지만 그날 밤 그와 잠자리를 같이한 기생 입을 통해서 신임 사또의 비밀이 폭로되었다.

원래 관아에 예속된 수청 기생의 관심은 신임 사또가 도임할 적마다, 그의 사나이로서의 능력이 큰 관심사였다. 그러나 신임 사또의 그 물건이 놀랍도록 적어서,

애개개 사또님 거동 보소
삼척단구, 작은 삿대 갖고
만경창파에 배 띄우네
라는 노래가 퍼질 지경이었다. 그에 비하여 배비장의 인기는 대단했다.

한양 양반 좋다더니

무과 급제한 비장 나으리 보소

성은 배가인데 독장군(독: 큰 질그릇)일세

하고 수다 떠는 기생들 입에서 한 입 두 입 건너는 사이에 모르
는 사람이 없게 되었다.

6. 여자는 안 돼

제주성 밖에 우뚝하니 정자 하나가 솟아 있었다. 이름하여 환풍정(換風亭). 때로는 사또가 뭇기생들을 데리고 진탕 마시며 노는 연회 장소요, 때로는 마음에 둔 수청 기생과 은근한 정을 주고받으며 달을 구경하는 곳으로 망월루(望月樓)라는 이름이 하나 더 붙은 곳이었다.

내일이면 구 목사가 이곳을 떠나고 신임 사또 김 경이 이곳 제주의 생사여탈(生死與奪)을 한손에 쥐는 날이었다.

그 전날 밤.

달빛이 밝은 망월루에서 돌부처처럼 얼싸안고 떨어질 줄 모르는 한 쌍의 남녀가 있었으니 남자는 이번에 제주를 떠나게 된 정비장이요, 여인은 바로 제주 제일의 미색 애랑이었다.

"여보, 여보 당신이 가면 어떻게 살아요?"

애랑은 그 가냘픈 몸을 정비장에게 찰떡같이 안기고 아까부터 몸부림쳤다. 애랑은 한참 피어나는 이구 십팔 열여덟의 부용같이 아름다운 인물로, 눈매는 초승달처럼 생겼으며 눈썹은 짙었다. 코는 마늘쪽같이 곧으면서 콧부리가 약간 둥글어 사랑스러웠다. 이마는 좁고 귀는 부잣집 맏며느리감 같고 뺨은 토실토실 잘 익은 복숭아처럼 오동통통하니 살이 쪘고 방긋하니 웃으면 보조개가 패었다.

그리고 무엇보다 귀염성 있는 건 입이었다. 입술은 두텁지도 않고 얇지도 않았다. 그 빛은 석류 속보다 더 붉었는데 뜨거운 입김이 한숨처럼 토해질 땐 사나이의 간장을 다 녹일 것만 같았다. 굳게 다물었을 땐 엽낭 주머니를 오므리듯 입매가 반듯하여 조그만 입 전체를 사나이들이 보면 그 큰 입으로 '아작' 하고 깨물고만 싶어졌다.

목은 길고 어깨는 둥글고 허리는 나긋하고 엉덩이는 펑퍼짐하고, 가슴은 치마허리를 질끈 동여매 그 탐스럽고 팽팽한 젖가슴이 조금도 드러나지 않았다.

"아아."

사나이는 한숨을 쉬었다.

애랑에 비해 정비장은 썩 잘생기지 못한 편으로 얼굴은 거무죽죽한 게 말상이요, 눈은 왕방울같이 둥글둥글했다. 다만 키가 휘엉청하니 컸다. 그는 그 터럭난 턱으로 애랑의 보드라운 입매와 뺨을 썩썩 문지르면서

"아아, 내가 널 두고 어떻게 간단 말이냐?"

하고 안타까운 소리를 냈다.

"그렇게 꼭 가셔야 하나요?"

"암 가야지. 두고 가는 내 마음은 더욱 쓰리고 쓰리다만 할 수가 없구나."

"그렇지만 사실은 가고 싶으신 거죠?"

토라진 애랑의 두 눈엔 원망이 가득했다.

정비장은 애랑의 갑작스런 태도에 손을 흔들며 변명했다.

"넌 어찌 그렇게 사나이의 진정을 몰라주는고? 내 비록 태생이 한양이요, 우연히 아는 양반 쫓아 이곳에 왔다마는 너하곤 정이 안 들래야 안 들 수 있겠느냐?"

"공연한 거짓말이와요."

애랑은 정비장의 턱밑 수염 하나를 뽑았다.

"아얏!"

따끔하게 아팠으나 정비장은 애랑을 더욱 꼬옥 껴안았다.

"너 같은 아리따운 여인이 이 세상에 또 있겠느냐! 맵시 있는

너의 태도, 목청 맑은 네 노래, 네게 반하지 않는 사람이 있다면 그건 핫바지이니라."

"아이 서방님도, 소녀가 진정으로 몸과 마음을 바친 사람은 서방님밖에 없어요."

이번엔 애랑이 정비장의 콧잔등을 깨물었으나 정비장은 그래도 좋아했다.

"안다. 그러니 내가 더욱 너를 두고 이별하는 게 슬프고 애달프다. 마치 푸른 강, 맑은 물에 원앙새가 짝을 잃은 격이다. 사람 없는 높은 산, 깊은 골에서 두 삶이 만나 희롱하다 속절없이 이별하여 헤어지는 격이 되었구나."

달은 구름 속에 들락날락하고 바다에선 바람이 불어오는데 두 사람은 끌어안은 채 잠시 말문을 잃었다. 이윽고 애랑이 카랑카랑한 목소리로 입을 열었다. 그녀의 긴 속눈썹엔 밤이슬처럼 눈물이 매달렸다.

"당신과 금년 정월엔 오순도순 떡이라도 구워 먹고 재미있게 놀려고 했는데 이젠 다 글렀어요."

"나도 정월을 역관에서 보내려니 서글퍼지는구나."

그러자 애랑이 고개를 설레설레 흔들었다.

"서방님 제 말은 그게 아니야요. 제가 눈물을 흘리는 것은 서방님과 헤어지는 것도 슬프지만."

"아니, 그러면 또 무슨 걱정이 있느냐?"

순진한, 아니 사랑에 눈이 먼 정비장은 훌쩍훌쩍 우는 여자의 가는 허리를 한손으로 바짝 끌어당기고 한손으로 애랑의 어깨를 토닥거렸다.

"가실 분은 가실 분, 무정을 말해서 무엇 하겠어요. 그러나 이제 저는 어떻게 해요? 나으리가 이곳에 계실 때에는 먹고 입고 살기에 걱정이 없이 세월을 보냈지만 이제 서방님이 훌쩍 떠나시면 어떻게 해요?"

"살림 걱정인가?"

"네."

애랑은 부끄러운 듯이 고개를 끄덕였다.

"그동안 준 것은 다 어쩌고?"

"……."

정비장은 애랑이 가만히 있자 자기 자랑하듯 그 품목을 쭈욱 늘어놓기 시작했다.

"여보, 애랑이. 우선 내가 준 것을 대충 들더라도, 중량(中凉: 포목 이름)이 한 통이라, 세량(細凉) 한 통, 그리고 탕건(宕巾)이 한 짐."

"옷만 입고 사나요?"

"그럼 병났을 때 쓰라고, 우황이 열 근, 인삼 열 근."

"약만 먹고 사나요?"

"추울 때 춥지 말라고, 마미(馬尾: 말 꼬리털)백 근, 장피(獐皮: 노루 가죽) 사십 장, 녹피(鹿皮: 사슴가죽) 이십 장."

"이불만 덮고 사나요?"

"또 있다. 밥반찬에 홍합, 전복, 문어, 삼치, 석어, 대하(큰새우), 장곽, 소곽(미역, 다시마 따위) 한 짐씩을 주지 않았느냐?"

"해물만 먹고 어찌 살겠어요?"

"그럼 밥 먹고 입가심으로 유자(柚子), 백자(栢子: 잣), 석류(石榴), 비자(榧子)도 주고."

"아이, 과실로는 못살아요."

"그럼 내가 준 세간살이는 남만 못하느냐? 삼층 난간 용봉장, 이층문갑, 계수리각(서랍이 달린 경대), 산유자 궤, 쌀뒤주, 반다지."

"누가 못하다고 했나요?"

"또 있다. 살찐 제주 말 두 필에 당나귀 세 마리, 또 한양 간 임에게 편지 자주 하라고 간지(簡紙) 열 축, 간필(簡筆) 한 통, 초필(草筆) 한 통, 연적(硯滴: 벼루) 열 개를 주었는데."

"아이, 서방님은 기억력도 좋으셔라."

그러자 정비장이 다시 신나서 떠들어 대었다.

"또 심심할 때 담배 피우라고 쌍수복(雙壽福) 백동대 장죽(白銅煙管) 한 켤레, 남초(南草: 담배) 열 되, 숙청(熟淸) 한 되, 날 밤 한 되, 마늘 한 접, 생강 한 근, 찹쌀 열 섬, 고추 스무 근, 호초(胡椒) 한 근, 아그배는 어디다 두었어?"

"호호호, 호호호."

애랑이 깔깔 웃으니 정비장은 눈을 동그랗게 뜨고 영문을 몰라 했다.

"호호호, 그래서 한양 양반은 깍쟁이라 해요."

"뭐라고? 내가 깍쟁이라니, 도시 난 네 마음을 모르겠구나."

정비장이 그렇게 말하자 이제껏 웃고 있었던 애랑이 서글픈 빛을 띠며 슬픔을 담은 속눈썹을 들어 원망스럽게 사나이를 바라보더니 어깨를 떨며 얼굴을 가리고 말했다.

"서방님, 서방님이 원망스러워요!"

"왜 우나, 왜 울어?"

정비장이 애랑의 어깨를 싸안으려 했으나 애랑은 그 손길을 매섭게 뿌리치고 한결 더 구슬픈 목소리로 말했다.

"주신 기물이 무엇입니까? 천금이라면 무엇 합니까? 서방님과 맺은 백년 기약, 아아 꿈만 같아요!"

애랑은 한숨을 들이쉬고 내쉬고 하다가 다시 원망스럽게 입을 놀렸다.

"서방님은 좋으시겠죠. 한양 가시면 큰집 마님 만나 긴긴 겨울밤이며 오곡백과가 무르익는 가을 저녁이며 온갖 꽃들이 형형색색 피어나는 봄철의 한때를 실컷 즐기시겠죠. 아이 분해요, 정말 분해요."

그러니 정비장은 그 큰 코를 벌름거리면서 변명해야 했다.

"마누라와 자식이 무엇이란 말인가. 그까짓 치마 두른 기둥토막 같은 마누라가 무엇이 반가울 것인가?"

"그만두세요. 한양으로 가시긴 가시는 거죠?"

"……."

정비장은 대답을 못하니 애랑이 그것 보란 듯이 툭 쏘았다.

"불쌍한 건 천첩 애랑이에요."

"나더러 어쩌란 것이냐?"

그러자 애랑은 눈물에 젖은 눈을 들어 정비장을 빠끔히 쳐다보았다.

"나으리께서 입고 계신 갓두루마기라도 벗어 놓고 가세요."

"날더러 발가벗으라고?"

그러나 애랑은 그 말엔 대꾸도 않고 말했다.

"나으리의 그 땀내, 고린내 흠씬 밴 옷을 한 자락 말고 한 자락 덮고 자면 몸은 비록 떨어졌다 해도 나으리 품에 안긴 듯싶을 것입니다."

이 말에 정비장도 곰곰 생각해 보니 사랑하던 기생첩이 원하는데 그까짓 옷 한 벌을 아껴서 무엇 하랴 싶어졌다.

"알았다. 네 정성을 알았다. 그러나 당장 발가벗을 수 없으니 밑천이나 가릴 수 있도록 속 고의적삼이나 남기고 모두 가져라."

정비장은 입고 있던 양털 두루마기와 바지를 벗어 주었으나 애랑은 여전히 고개를 흔들었다.

"아니, 그렇게 소중히 간직하고 싶다 해서 벗어 주었는데 또 무엇이 부족하냐?"

그러자 애랑은 눈물을 뚝뚝 떨어뜨리며 그 새빨간 주순(朱脣: 붉고 고운 입술)을 나불거리며 말했다.

"나으리 원통하외다. 나으리와 천첩이 인연을 맺은 것은 오로지 나으리 양다리 새에 찬 그 물건인즉, 나으리가 그 물건을 한양 본댁 마님에게 가져가는 건 할 수 없지만 나으리의 그 물건 냄새가 절은 속옷을 벗어 주지 못하겠습니까? 그건 나으리께서 입으로만 천첩을 사랑하신다 하고 마음은 딴 데 둔 증거이옵니다. 가시려거든 속옷을 벗어 주고 가시옵소서."

계집 한두 명 남보다 더 거느렸다는 오기가 있는 사나이가 이런 말을 듣고 어찌 거절할 것인가.

"에라 모르겠다. 바닷바람에 약간 몸이 춥긴 하다만 대장부의 진정이 무엇인지 너에게 보여 주마."

드디어 정비장은 속옷까지 벗어서 애랑에게 주었다. 그야말로 정비장이 알비장이 된 것이다. 애랑은 웃음을 참고 또다시 말했다.

- 배비장(하)에서 계속

배비장
(하)

1. 상투도 자르고 앞 이빨도 뽑고

"나으리, 바다보다 더 깊고 산보다 더 높은 사랑은 잊을 길이 없습니다. 그러나 천첩은 나으리에게 또 청이 있습니다."

"아니 또 무엇이냐. 이젠 발가벗어서 벗어 줄 것도 없는데……."

"나으리의 그 상투를 베어 주소서. 그 상투를 아침저녁 가슴에 품고 싶습니다."

"뭐 상투?"

정비장은 펄쩍 뛰었다.

신체발부는 수지부모(身體髮膚 受之父母)하니 불감훼상(不敢毁傷)이라, 옛 어른이 말씀하셨던 것. 그 터럭을 베어 달라니 아니 놀랄 수 없었다. 더구나 상투를 베라는 것은 중이 되란 말과 같다. 중은 당시에 종보다 더 천한 계급에 속했던 것이니 정비장이 펄쩍 뛰는 것도 무리가 아니었다.

"역시 나으리의 진정은 거짓이었군요. 만일 나으리께서 상투를 베어 주시면 천첩도 머리를 깎고 깊은 산 절간에나 들어가 세상을 저버릴까 했는데."

애랑이 울음 섞인 목소리를 하니 정비장은 또 한 번 넘어가서 상투를 냉큼 잘라 애랑에게 건네주었다.

"이제는 됐느냐?"

그러나 애랑이 살래살래 머리를 흔드니 정비장은 기절해서 자빠질 지경이었다.

"아니 뭘 더 달라는 건가. 설마 밑천까지 마저 내놓으라는 건 아니겠지?"

그러자 애랑은 방실방실 웃으며 말했다.

"나으리, 뭘 그렇게 두려워하세요. 천첩은 늘 나으리의 껄껄 웃으시던 그 앞 이빨 두 개를 가지고 싶을 따름이외다. 만일 빼어 주시면 정결한 헝겊에 싸고 싸서 백옥함에 넣어 죽을 때까지 간직하겠습니다."

정비장이 그 말을 들으니 또한 애랑의 심정이 가련하고 기특했다. 그리고 장부가 이 한두 개쯤 사랑하는 애첩에게 빼어 준다 해서 쉬 죽을 것도 아니고 이 또한 장한 일인 듯싶었다.

"알았다. 네 소원이라면 내 어찌 그걸 거절하랴."

이리하여 집게와 장도리를 갖고 애랑은 정비장 앞으로 다가섰고, 정비장은 밑천을 가리고 쭈그리고 앉아 입을 벌리며 눈을 감았다.

애랑이 팔에 힘을 주고 집게를 앞니에 대고 냅다 뽑는 순간,

"아악!"

하고 정비장은 뒤로 벌렁 자빠지고 말았다. 생니를 뽑으니 아픔이 말로 할 수 없었던 것이다. 순식간에 피가 입안에 가득해지며 정비장은 그대로 기절하고 말았다.

정비장이 기절을 했거나 말았거나 애랑은 달려들어 또 한 개의 문치(門齒: 앞 이빨)를 뽑고야 말았다.

이튿날.

하늘은 구름 한 점 없이 맑았다. 이날이 바로 신관 제주목사 김 경이 정식으로 사또 자리에 앉게 되는 날이었다.

배비장이 사또를 따라 숙사를 나서 목사부에 이르니, 이임하는 구 사또가 각 비장을 거느리고 그곳에서 기다리고 있었다. 그뿐만 아니라 목사부 넓은 대청 아래 여기저기엔 멍석을 깔고 포장을 치고 사람들이 구름처럼 모였다. 신관 사또의 인수식을 구경하러 나온 제주의 백성들이었다.

사또 김 경은 의기가 양양하여 청일산(靑日傘) 받쳐 주는 동자의

인도를 받아 잔뜩 거만을 떨며 상석으로 나아갔다. 그러자 구관 사또는 자리에서 벌떡 일어나 신관 사또를 반갑게 맞았다.

"영감, 먼 길에 수고가 많소이다."

"아, 영감께서야말로 수고가 많으셨소."

김 경도 점잖게 대꾸했다.

배비장도 다른 비장들과 마찬가지로, 홍의에 남대를 두르고 전립(戰笠)에 굴 깃을 달아 위엄을 보이고 좌석에 나아갔다.

"얘들아, 각 비장들은 신임 사또께 인사드리고 또 새로 온 비장들에게 소임을 인수하렸다."

구관 사또의 호령소리에 각 비장들이 김 경에게 엎드려 공손히 절을 했다.

배비장이 보니 그중 한 사나이가 심히 꼴불견이었다. 키도 크고 외양도 번번한데 인사하는 말이 반벙어리 비슷했기 때문이었다.

"사, 사또께 허시(헌신)하오. 소이(소인)은 성이 저… 저…저가요."

"저가?"

김 경은 연신 고개를 끄덕이고 인사를 받다가 그 사나이의 말을 되뇌어 보았으나 더 이상 캐묻지 않고 턱짓을 해서 물러가게 하고 다음 사람의 인사를 받았다.

그 사나이는 사또 앞을 물러나 배비장 앞으로 왔다. 배비장이 자세히 보니 얼굴이 퉁퉁 부었다. 바로 애랑에게 이빨까지 뽑힌

어리석은 정비장이었다. 하지만 배비장이 그런 곡절을 알 리가 없었다.

"난 성이 배가요. 노형과 자리를 바꾸게 되었소이다. 잘 봐 주시오."

정비장도 마주 절을 했다. 그러나 앞니를 강제로 두 개나 뽑힌 그는 입을 벌리고 싶어도 잇몸이 아파 말하기가 어려웠다. 그가 아픔을 간신히 참고 몇 마디 했다.

"소, 소고가 마소(많소). 나. 난…저…."

"소고라니 그게 무슨 뜻이요?"

이렇게 되자 정비장은 더욱더 당황했다. '수고'라고 말한 것이 그만 '소고'가 되어 버린 것이었다.

그러자 옆에 있던 방자가 참견했다.

"배비장 나으리, 고장이 다르면 산천은 물론 인물도 달라진다 하지 않습니까? 더구나 제주는 남쪽 멀리 떨어진 섬, 한양과 멀리 떨어져서 서로 말이 잘 통하지를 않는답니다. 이를테면 배가는 개가가 되고 정가는 소가라 해도 조금도 이상스러울 게 없지요."

"흐흠, 과연 그럴 수도 있겠지."

배비장은 머리를 끄덕였다. 아전 놈이 그들을 은근히 빗 때리는 말이었는데, 배비장은 그 눈치를 못 채고 '고장이 다르면 서로 말이 잘 통하지 않겠지' 하고 생각했다.

"음, 그럴 거다. 그런데 저 나으리의 얼굴이 왜 저토록 퉁퉁 부었느냐?"

"나으리, 그거야 풍토병 탓이죠."

"풍토병?"

"제주란 바람이 사납고 물이 귀한 곳입니다. 그리고 해산물도 많이 잡히죠."

"그래서?"

"그러나 해산물이 싱싱하다 해서 너무 날로 먹었다간 큰코다칩니다. 예컨데 이빨 있는 조개도 있으니까요."

"이빨 있는 조개라? 그 조개 이름이 무엇이냐?"

"아이참, 나으리도 잘 아시면서."

이러니 얼굴이 붉으락푸르락해진 것은 정비장이었다. 그러나 주먹이 아무리 불끈 쥐어져도 창피만 당할 뿐이고 더구나 그는 이미 아무 권한 없는 과만(瓜滿)된 비장이었다.

근처에 있던 비장들과 다른 사람들은 모두 그런 낌새를 눈치채고 더욱 '키득키득' 웃어 대고 수군거렸다. 배비장도 어렴풋이 느껴지는 것이 있었으니, 확실히는 몰랐지만 퍼뜩 머리에 떠오르는 것이 있었다.

'오라, 계집 때문이로구나.'

그런 생각을 하고 있을 즈음 또다시 구관 사또의 분부 소리가 높다랗게 들렸다.

"얘들아 인수인계도 얼추 끝맞추렸다. 그러니 이번엔 신관 사또께 술을 따라 올려라."

그와 동시에 한편에 앉아 있던 악사들이 꽹과리, 징, 퉁소, 피리, 장고 등을 울리면서 행수기생(行首技生: 조선 시대에, 관아에 속한 기생의 우두머리)이 나와 기생 이름을 하나하나씩 대기 시작했다.

"얼굴 어여쁘기로는 애랑이요!"

그러자 애랑이 사뿐사뿐 걸어 나와 사또 김 경에게 날아갈듯이 절을 했다.

'어허. 저런저런, 과연 절세의 미녀로다.'

배비장은 입을 떠억 벌린 채 정신을 빼앗겼다. 그 반지르하게 윤택 나는 살갗이며 하늘에서 내려온 선녀 같이 고운 얼굴이며 가는 허리는 배비장의 두 눈을 어지럽혔다. 김 경도 흐뭇해서 공손히 따라 올리는 술잔을 받아 한 손에 들고 한 손으로 애랑의 손목을 잡아 옆자리에 앉혔다.

행수기생은 또 외쳤다.

"다음은 글 잘하는 월화."

월화는 나와서 절하고 김 경에게 술잔을 올리고 구관 사또 옆에 앉았다.

"다음은 노래 잘하는 앵앵이."

이렇게 하나씩 하나씩 호명되어 기생들이 나오는데 열두어 살

난 어린 기생부터 육십 가까운 늙은 기생까지 나와서 각각 자리를 잡고 앉았다.

배비장 옆에도 기생 하나가 왔다. 바로 제주에 처음 닿던 날 그와 함께 잔 기생인데 밝은 햇빛 아래서 보니 눈이 크고 입도 커서 볼품이 없었다. 더구나 배비장은 애랑의 모습을 본 이후론 딴 계집들이 모두 시들하고 흥미가 없어졌다.

"나으리 술 받으시와요."

그 기생이 배비장 옆으로 바짝 다가앉으며 술잔을 두 손으로 바쳤다. 배비장은 잔을 받으면서도 눈은 사또 옆에 있는 애랑 쪽으로 가고 있었다.

"어디를 보세요?"

기생이 그의 무릎을 꼬집었다. 배비장은 얼떨결에

"아무것도 아니다."

하고 술을 단숨에 들이켰다. 그리고 젓가락을 들어 인절미를 하나 집어 옆에 놓인 초간장에 듬뿍 찍어 한 입 베어 무니 몹시 시어서 상이 저절로 찡그려졌다. 한눈 팔던 배비장은 초간장을 조청으로 잘못 알았던 것이었다.

"안주가 많은데 하필 떡을 잡수서요?"

"그냥 좋아서 먹는 거다."

"어머, 그러시려고."

배비장은 귀찮지만 묻는 말에 대꾸를 안 할 수도 없었다.

"네 이름은 무엇이냐?"

"해당화예요."

"음, 해당화라……."

말은 그렇게 하면서도 배비장의 마음은 역시 애랑이에게 쏠리고 있었다. 그러는 동안에도 좌석은 점점 무르익어 가서 노래 잘 부른다는 앵앵이가 한 곡조 뽑으니 기생들이 그 창에 맞추어

"지화자, 좋다! 얼씨구 절씨구 좋구나!"

하고 장단을 맞추며 춤을 덩실덩실 추고 있었다.

해당화가 배비장의 옷자락을 가만히 이끌며 은근한 목소릴 냈다.

"서방님!"

"왜?"

하지만 배비장이 큰 소리로 대꾸하니 해당화는 배비장의 지나치게 큰 목소리에 얼굴이 붉어지면서 눈을 곱게 흘겼다.

"서방님은 무정하세요."

"그게 무슨 말이냐?"

"좀 조용조용히 말씀하세요."

"본시 태생이 그런데."

배비장은 그렇게 말하며 머리를 긁적거렸다.

"서방님."

"그래, 조용히 말하마. 왜 그러느냐? 그게 무슨 말이냐?"

"서방님은 남자 중의 남자이세요. 다른 애들도 모두들 부러워하고 있어요."

해당화는 간드러지게, 그러면서도 배비장의 애를 태우려는 것인지 교태가 뚝뚝 흐르는 몸짓으로 말했다.

"부러워해. 어째서?"

소리가 또 커졌다. 술 먹고 떠들던 다른 비장들도 시시덕거리다 그들의 대화에 귀 기울일 정도였다. 해당화는 배비장에 미쳐서 다른 생각이 없었기에 마음속에 있는 말을 거침없이 쏟아 놓고 말았다.

"제가 모두 얘기했어요. 서방님 것이 그 중 훌륭하다고 소문을 냈어요. 그래서 모두들 입을 벌리고 부러워하는 것입니다."

"뭐라고?"

배비장이 버럭 소리를 지르니 한참 기분 좋게 놀던 사또가 흘깃 고개를 돌렸다.

"뭣을 큰 소리로 외쳤느냐?"

배비장은 소리를 질러 놓고 얼굴이 해당화보다 더 붉게 물들어 있었다.

"아… 아무것도 아닙니다."

배비장 (하)

"아무것도 아니라니, 사또는 귀머거린 줄 아느냐?"

사또도 벽력같이 호통을 쳤다. 김 경은 배비장에 대해 요 며칠 새 부쩍 심통이 많아졌다.

"놈이 남의 주흥을 깨!"

좌중은 쥐 죽은 듯이 조용해지고, 폭풍 전야와 같은 긴장감이 감돌며 배비장의 이마에서는 진땀이 흘렀다.

"아뢰옵기 황송하오나 계집이 허튼 입을 놀리와……."

"계집이 어쨌다는 것이냐?"

사또의 물음은 조금도 사정이 없었다.

"아니 계집이 아니오라, 전 원래 계집이 싫사온데 자꾸 추근추근합니다."

배비장은 얼떨결에 반은 본심이요, 반은 꾸며 대서 변명했다.

사실 배비장은 해당화 같은 것은 안중에도 없었다. 지금 마음속으로 생각하는 게 있다면 애랑의 아리따운 몸을 한 번만이라도 끼고 누워 자고 싶었다.

"그 말이 정말이냐?"

"예, 어느 존전이라고 감히 소인이 거짓 말씀을 올리겠습니까?"

"그러면 좋다. 네가 계집이 싫고 조금도 욕심이 없다면 오늘의 방자한 짓은 용서하마. 그 대신 네가 계집에게 손을 대었다는 사실이 드러나면 그때는 그냥 두지 않으렷다."

"예."

배비장은 맹세했다. 생각하면 눈물 나는 일이 아닐 수 없었다. 삼 년 동안 객지에 나와서 계집을 가까이하지 않는다고 맹세했으니 처량하지 않을 수가 없었다. 생각할수록 해당화가 괘씸했다. 아니, 너무나 아름다운 애랑이가 원망스러웠다. 다시 술자리가 벌어졌다.

그때까지 가만히 있던 애랑이 사또 곁으로 다가앉더니 그의 귀에 대고 뭐라고 속삭이니, 사또는 잠깐 상을 찡그리며 얼마쯤 있다 입가에 웃음을 짓고 고개를 끄덕였다.

배비장 (하)

2. 과부는 괜찮겠지

　겨울이 가고 봄이 지나 또다시 여름철이 다가왔지만, 세월이 가고 가도 하루하루가 답답하고 괴로운 것은 배비장이었다.

　그도 그럴 것이 목사부에서 늘 하는 일은 판에 박은 듯이 단조로운 일뿐인데다 다른 비장들은 제각기 마음에 드는 기생들을 골라 재미가 깨 쏟아지듯이 좋은 모양인데 배비장은 사처(私處)로 정한 집에 돌아가 봤자 기다려 주는 계집은커녕 암놈 강아지 한 마리도 없었다.

　사또의 엄명이 있어서가 아니라 스스로의 맹세를 생각하여 배비장은 집에서 여인이라 이름 붙은 족속은 팔십 노파라도 얼씬 못하게 했기 때문이었다.

　그래서 배비장은 방자 하나만 데리고 하루하루를 쓸쓸히 보내야 했다. 이렇게 되고 보니 벼슬이 원망스럽기조차 했다. 비장 한 자리라도 어깨가 으쓱으쓱하니 신이 나서 먼 고장을 찾아왔는데, 방자가 해 주는 밥은 걸핏하면 설기가 일쑤인 데다 돌인지 모래인지 으적으적 깨물려 밥사발을 내동댕이치고 싶은 심정이 한두 번이 아니었다. 게다가 반찬도 입에 맞지 않아 짜고 맵고 쓰고 욕지기가 날 정도였다.

그러던 어느 날이었다.

그날은 사또가 한라산으로 유산(遊山: 산으로 놀러 다님)을 떠나기로 한 날이었다. 사또는 남여(뚜껑 없이 의자처럼 생긴 가마)를 타고 앞뒤로 하인과 비장들을 거느렸으며 배비장도 그 뒤를 줄렁줄렁 뒤따라나섰다. 그리고 그 옆엔 갖가지 화려한 옷으로 차려입은 수청 기생들이 돗자리를 들고, 술병을 안고, 안주 접시 담은 광주리를 이고 쫓아갔다. 하지만 고지식한 배비장은 여인을 가까이하지 않겠다는 맹세 때문에 훨씬 뒤떨어져 방자와 같이 산길을 올라갔다.

한라산은 예부터 이름 있는 산으로 옛날 진시황제가 찾던 삼신산 중의 하나였다. 그래서 봉래산(蓬萊山: 금강산뿐만 아니라 한라산도 이렇게 부르기도 함)이라고도 하는데 산을 오를수록 갖가지 꽃이며 뭇새들이 때를 만난 듯 지저귀고 있었다. 이윽고 사또 일행은 산 중턱에 다다랐다.

그곳은 계곡물이 솟구치는 편편한 둔덕이고 잔디가 고운 이불처럼 깔렸다. 하인들은 곧 자리를 마련하고, 사또를 중심으로 하여 비장들과 기생들이 늘어앉았다.

사또는 기분이 몹시 유쾌해서 시 한 수를 읊으며 세상을 자기 것인 양 생각했다. 그러자 기생들은 권주가를 부르고 권주를 하며 흥을 돋우었다.

그러다가 사또의 눈길이 배비장에게 쏠렸다.

배비장은 그들 자리에서 이십여 보 떨어진 곳에서 방자란 놈과 무료하게 앉아 있었다. 사또는 그 모양을 바라보니 더욱 재미있고 우스워서 즉시 옆에 앉은 애랑에게 눈짓을 하고 얼마 있다가 큰 소리로 말했다.

"여봐라, 저기 앉아 있는 것이 예방 비장이 아니냐?"

"예, 그러하옵니다."

좌우에 앉았던 비장이 대답했다.

"그런데 어째서 이 자리에 오지 않고 저만큼 떨어져 있느냐?"

"……"

사또 김 경은 그제야 생각난 듯 빙그레 웃고 무릎을 치며 말했다.

"참 그랬었구나. 우리 배비장은 여인금제(女人禁制)라는 갸륵한 맹세를 했었지. 그가 계집을 싫어한다니, 그건 어찌할 수 없는 노릇이되 술마저 금한 것은 아니렷다. 약주 한 병과 짭짤한 안주를 배비장에게 내리어라. 그 술 마시면서 대자연을 만끽함도 장부의 회포를 풀 수 있으렷다."

배비장은 그걸 감사히 받았다. 그러자 옆에서 방자가 참견했다.

"나으리, 술을 마시자면 눈요기가 필요합지요. 비록 계집이 앞에 없지만 경치 좋고 조망이 좋은 곳에 가시어 마시면 술맛이 한결 좋을 겁니다."

"과연 그렇구나. 어디 좋은 곳이 있느냐?"

"예, 이곳에서 조금만 더 올라가면 큰 바위가 있습지요. 그 밑엔 개울이 흐르는데 폭포수가 떨어지고 뭇꽃이 아름다워 사람들이 수포동(水布洞)이라 합니다."

"그래라. 그곳에 가서 실컷 울기라도 해 보자."

배비장은 술병을 들고 방자를 쫓아갔다.

과연 경치 좋은 곳이 나타나는데 조망이 확 트여 목사부의 웅장한 건물이 게딱지 만하게 내려다보였다. 그리고 그곳엔 큰 바위가 있는데 밑엔 맑은 물이 콸콸 쏟아지며 흐르고 있고 이름 모를 꽃들이 바위 사이 여기저기에 피어 있었다.

"나으리, 이곳에 앉으시지요."

방자는 바위 위를 솔가지를 꺾어 쓸고 닦아 자리를 마련했다. 그리고 절을 꾸벅 하더니,

"소인은 잠깐 뒤를 보러 가겠사오니 나으리께서는 천천히 약주를 드십시오."

하고 수풀 속으로 들어갔다. 배비장은 혼자 술을 따라 마셨다.

술이 한 잔 두 잔 창자에 들어가 스미면서 그의 울적한 마음도 어느 정도 풀리더니, 점점 술이 취해 오면서 참고 참았던 여인에 대한 연심이 불길처럼 달아올랐다.

"아아, 경치가 좋긴 좋다마는 너무도 적막하구나. 나비는 있되 꽃이 없어서 그러한가?"

하고 한숨을 들이쉬고 내쉬는데 문득 취한 눈에 이상한 것이 비쳤다.

바위 아래 역시 큰 바위가 하나 있는데, 그곳은 솟구치는 개울 물이 바위에 부딪쳐 여울진 옆으로, 물이 잔잔하고 마치 맑은 물을 떠다 놓은 큰 독처럼 생겼다. 그런데 그 바위에 무엇인가 홀쩍 걸리는데 자세히 보니 눈처럼 흰 치마 저고리였다. 배비장은 자기 눈을 비볐다. 이번엔 새빨간 댕기가 조그만 돌에 눌려서 바람에 나풀대는 것이 분명히 보였다.

'앗! 여인이다.'

배비장은 그곳에서 눈을 뗄 수가 없었다.

이윽고 여인의 살찐 다리가 바위 새로 나타나더니 여인의 상반신이 보였다. 배비장은 숨이 막힐 지경이었다.

여인은 아무도 안 보고 있다고 생각해서 그런지 무척 대담했다. 가슴에 솟은 유방과 둥근 어깨며 살이 오동통 찐 허벅지가 그대로 보였다. 개울물이라 해도 무릎이 잠길까 말까 한 깊이밖에 되지 않았다. 여인은 두 손으로 물을 떠서 입에 넣어 양치질을 하고 뱉었다.

그 순간 조개피처럼 윤나는 잇몸이 햇빛에 번쩍였다.

여인이 몸을 닦기 시작하는데 팔이 움직일 때마다 겨드랑이 밑의 거뭇한 것이 보였다. 그 여인은 자기의 젖가슴을 몹시 소중한 것처럼 어루만져 보기도 하고 쓰다듬으며 그곳에 물을 끼얹었다.

배비장은 한숨을 쉬었다. 세상에 이토록 아름답고 마음이 끌리는 것이 또 있을까!

여인의 어깨엔 검은 머리가 풀어져 바람에 춤을 추었다. 배비장은 그 머릿단을 부러워했다. 그 머릿단은 여인의 몸을 아무 데고 마음껏 어루만지며 놀고 있잖은가! 이 못난 놈은 그 여인의 손톱새에 낀 때만도 못한 놈이다. 배비장은 이런 생각에 가슴이 미어질 것만 같았다.

그 찰나, 여인이 고개를 번쩍 들었다가 얼굴을 내렸는데 배비장은 또 한 번 놀라지 않을 수 없었다. 그 얼굴이 눈에 익었기 때문이었다. 분명 그의 취한 눈이 틀림이 없다면 그것은 애랑이었다.

그런데 애랑이가 어째서 혼자 저렇게 목욕을 하고 있는 것일까?

배비장은 정말 맹세만 없었다면 쫓아내려가 덥석 여인을 끌어안고 그 까닭을 묻고 싶었다. 그런데 여인의 다음 행동이 배비장의 애간장을 더욱 녹이기 시작했다.

여인의 부드러운 손이 유방의 젖꼭지를 어루만지다가 자기의 아랫배를 쓰다듬고 어깨를 한 번 부르르 떨더니, 가슴을 쥐어뜯으며 흑흑 흐느껴 우는 게 아닌가. 비록 울음소리는 안 들렸지만 여인의 애절한 심정을 측량하고도 남을 것 같았다.

　그때,

　"나으리, 넋을 잃고 무얼 바라보십니까?"

　하고 방자가 물으며 바지춤을 움켜쥐고 어슬렁거리며 숲을 헤치고 나왔다. 방자가 조심성 없게 수선대자 그 여인이 인기척을 느꼈는지 "어맛!" 하고 소스라치게 놀라며 바위에 널린 옷을 움켜잡고 바위 그늘로 도망쳤다.

　배비장은 방자의 수선 때문에 여인이 도망간 걸 책하지는 않았다. 그는 아직도 꿈결 기분으로 온몸이 불덩어리 같았다.

　'저것을, 그저 깔아뭉개어 힘을 주면……' 하는 생각으로 정신이 반쯤 나가 있었다.

　"나으리, 죄송합니다."

　방자는 머리를 긁적긁적하며 사과를 했다. 그러나 배비장은 '이놈' 하고 소리치는 대신 은근히 물었다.

　"그 여인은 아는 여인이냐?"

　"예, 잘 알지요."

　"혹시 그 여인이 애랑이 아니더냐?"

　"과연 나으리는 눈이 밝으십니다. 그러나 애랑은 아니옵고 홍랑(紅娘)입지요."

"홍랑?"

"예, 그렇습니다. 홍랑은 애랑의 바로 밑의 동생입니다. 어느 집에 시집갔다가 얼마 전 혼자되었습죠."

"그럼 과부란 말이냐?"

방자가 소상하게 여인의 내력을 고해바치니 배비장은 그 말을 듣고 별안간 무릎을 쳤다.

"됐다!"

"무엇이 됐단 말씀입니까?"

"이놈아! 과부면 됐다는 뜻이다."

"그러면 나으리, 여인을 가까이하시겠다는 뜻입니까?"

방자는 배비장의 심정을 잘 알면서도 눈을 둥그렇게 뜨고 되물었다. 배비장은 워낙 성미가 급해서 그만 소리를 지르고 말았다.

"이놈, 주인의 심정도 몰라주는 괘씸한 놈! 네가 이런 때 주인을 위해서 은근히 일을 성사시켜 주면 얼마나 좋으냐. 수청 기생도 아니고 민가에 혼자 있는 과부, 몰래 사귀면 누가 알겠느냐? 내가 보니 그 여인도 몹시 사내가 그리운 모양이더라. 자, 그런 말 말고 이번에 이 일만 성사시켜 주면 내 후히 은혜를 갚아 주마."

배비장은 애원조로 끝말을 맺었으나 방자는 선뜻 대답을 않았다. 배비장이 화가 나서 벌떡 일어서려는데,

"여봐라!"

하는 사또의 호령 소리가 들려왔다. 배비장은 다시 몸이 오싹 오그라드는 기분이 들며 아랫도리가 후들후들 떨려 왔다.

"여봐라, 관아로 돌아가련다. 배비장은 어디 있느냐?"

갑자기 사또가 조급한 명령을 내렸다.

배비장은 몹시 아쉬웠다. 방자와 방금 본 홍랑의 일에 대해 결말을 짓고 싶었기 때문에 방자란 놈을 살살 구슬러 좀 더 물어보고 싶은 것이 많았다.

거기까지 생각이 미치자 배비장은 별안간 아랫배를 움켜잡더니,

"아이고 배야, 아이고 배야."

하고 죽는 시늉을 하기 시작했다. 사또와 비장들이 몰려오자 배비장은 땅바닥에 뒹굴면서 더욱더 아프다고 엄살을 부렸다.

"사또, 예방이 곽란(霍亂: 음식이 체하여 토하고 설사하는 급성 위장병)이 들었나 봅니다. 제가 의술에 조금 소질이 있으니 침이나 한 대 놓아 줄까요?"

"그러니라."

이방 비장의 제의에 사또가 대꾸했다.

그러나 이 소리를 들은 배비장이 펄쩍 뛰었다.

"아닙니다. 그리 큰 병이 아니오니 조금 진정하면 절로 나을 것입니다."

"배가 몹시 아픈 모양인데, 침 맞는 게 두려운 모양이다. 이런 땐 계집 손이 약손이니 데려다가 아픈 데를 슬슬 문질러라."

"사또님, 제발 그런 말씀 마십시오. 전 맹세한 놈입니다."

"그래도 내가 특별히 허락하는 거다."

"싫습니다. 입이 삐뚤어져도 전 맹세를 지키겠습니다."

"그렇다면 배가 낫거든 천천히 오도록 해라."

그제야 사또는 고개를 끄덕이면서 비장과 기생들을 데리고 산 아래로 내려갔다. 배비장은 그러는 동안에도 배 아프다며 계속 비명을 질러야 했다.

얼마쯤 시간이 흐른 후, 배비장이 방자를 불렀다.

"얘! 돌아! 애고 배가 아프다."

"네!"

방자는 웃음을 참고 대답했다.

"눈이 핑핑 돈다. 도무지 분간을 못하겠다."

"술이 취하여 그러시겠죠."

"이놈아, 술이 취해서 그런 게 아니라 진짜로 배가 아파서 그런 것이다."

"소인도 나으리께서 애를 쓰시는 것을 보니 정신이 오락가락 합니다."

"이놈아 그런 개수작 듣자고 묻는 게 아니다!"

"……?"

"우리 사또 가시는 것을 잘 살펴보아라."

"살펴보다니요?"

"어디쯤 내려가셨느냐?"

"지금 산길을 내려가고 계십니다."

"이제 겨우 거기를 갔느냐."

배비장은 그 대답에 버럭 화를 냈다. 그리고 잠시 후 다시 물었다.

"어디쯤 갔느냐?"

"지금 모퉁이를 돌아가셨습니다. 모습이 안 보입니다."

"됐다."

배비장은 벌떡 일어나 앉았다.

'아프다, 사람 살려라' 하는 말은 금방 달아났다.

방자가 '피식'하고 웃음을 터뜨리자, 배비장은 은근히 화가 났다. 방자 녀석이 주인 상전의 마음을 너무나 몰라주기 때문이었다.

"어째서 웃느냐?"

"웃음이 나왔을 뿐입니다."

"이놈아, 웃음이 갑자기 나오는 법이 어디 있느냐. 네놈이 필시 상전을 얕보고 웃는 게 아니냐?"

"나으리께서는 딱도 하십니다. 소인은 정신이 하도 없다가 정신이 나면 피식 웃는 버릇이 있습니다."

"그래?"

배비장은 목소리를 부드럽게 바꾸었다

잠시 전에 배가 아프다고 엄살을 떨었던 면구(낯을 들고 대하기가 부끄럽다)스러움도 있을뿐더러 지금 방자의 심정을 자칫 잘못 건드렸다간 죽도 밥도 안 된다는 것을 잘 알기 때문이었다.

"얘, 돌아!"

"네?"

"넌 아까, 홍랑을 어떻게 생각하느냐?"

배비장은 배가 아프다고 엄살을 피워 사또 일행이 산을 내려간 이후에 천천히 돌이와 함께 내려오며 말을 했다.

"그야, 이 고을서 둘째가라면 서러울 예쁜 아가씨죠."

"그래…….. 그 홍랑을 나하고 짝지우면 얼마나 어울리겠느냐?"

"그야 형산(荊山: 중국 형산, 백옥으로 유명)의 옥구슬과 한강변에 뒹구는 자갈 같겠죠."

참으려 해도 이 소리를 들으니 노기가 치밀었다. 배비장은 얼굴이 벌게지며 냅다 방자를 치려고 주먹을 들었다. 그러나 다음 순간, '참아라. 지금 참아야 그 계집을 끌어안을 수 있을게 아닌가.' 하는 생각이 들어 슬그머니 주먹을 내리면서 말했다.

"제발 부탁이니 너는 가서 홍랑에게 이내 가슴 답답한 심정이나 전해 보아라. 만일 좋은 대답을 받아 올 것 같으면 너에게 후한 상을 주겠노라."

"나는 죽으면 죽었지, 그런 전갈은 하지 못하겠습니다. 더구나 수절을 지키는 젊은 과부에게 어찌 그런 음탕한 심부름을 한단 말입니까?"

"잔말 말고 넌 시키는 대로만 해라."

"난 못하겠습니다. 그러다가는 난장박살 당하기 꼭 알맞습니다."

방자는 몸을 획 돌리더니 산 아래로 먼저 뛰어 내려갔다.

배비장은 힘없이 숙소로 돌아왔다. 따지고 본다면 방자의 거역도 무리가 아니었다. 남의 수절하는 젊은 여자를 유혹한다는 것은 큰 죄악일뿐더러 이런 일이들통 난다면 그 어떠한 변명이라도 통하지 않을 것이었다. 그러나 배비장은 단념할 수가 없었다. 하루 동안에 사람이 달라진 듯 모든 것이 답답하고 온천지가 회색으로 뒤덮인 느낌이었다.

"나으리, 진지 듭시오."

방자가 저녁상을 들고 왔으나 배비장은 한 숟갈 겨우 뜨다말고 쓸쓸히 놓았다. 입안이 깔깔해서 꼭 모래알을 씹는 것 같았다.

상을 물리고 누우니 영창에 달빛이 어렸다.

이마를 만져 보니 불덩어리처럼 열이 있었다. 잠도 안 와서 이리 뒤척 저리 뒤척 몸을 엎치락뒤치락했지만 낮에 본 홍랑의 그 해사한 얼굴과 뿌연 살결이며 눈부시게 벌거벗은 몸매가 눈앞에 얼씬거려 골치까지 지끈지끈 아팠다.

"나으리, 주무십니까?"

윗목에서 쭈그리고 자던 방자가 물었다.

"아니다."

"그럼 불을 켤까요?"

"그래라."

그 전에는 조그만 일에도 성미를 발끈 내던 배비장이 양처럼 순해져서 목소리에 힘이 하나도 없었다. 방자는 벽장을 열어 주섬주섬 무엇인가를 찾더니 얘기책 몇 권을 들어다 배비장 머리맡에 놓았다. 〈삼국지〉, 〈구운몽〉, 〈임경업전〉, 〈숙향전〉 따위였다.

배비장은 힘없이 숙향전을 집어 들고 한참 읽어 가니 좀 마음이 가라앉는 것 같았으나 숙향이 계모에게 구박을 받고 갖은 고생을 다 겪는 대목에 이르자 숙향이가 불쌍해졌다. 배비장은 고생만 하는 숙향이가 꼭 자기 신세를 닮은 것같이 생각되더니 이내 눈물이 방울져 내렸다.

"불쌍하다. 불쌍하다. 숙향아, 네가 나쁜 놈에게 이끌려 죽을 땅에 끌려가다니 이게 웬 말이냐. 가만히 있어라, 네 모습이 참 어리고도 예쁘구나. 네 가는 허리며 탐스러운 유방이며 날 반기고 있구나. 기다려라, 기다려라, 내가 곧 간다."

그러다가 저도 모르게 소리 내어 읽긴 읽었으나 어느 틈엔가 생각이 달라져 엉뚱한 말만을 지껄이고 있었다. 자는 줄 알았던 방자가 벌떡 일어났다.

"서방님, 지금 뭘 읽고 계십니까?"

"〈숙향전〉이다."

"〈숙향전〉어디에 그런 대목이 있습니까?"

"나도 모른다."

"금방 읽으셨지 않습니까?"

"글쎄다, 절로 입에서 그렇게 나오는구나."

"으으, 내 원 참."

방자는 다시 벌렁 누웠다.

배비장은 숙향전을 내려놓았다. 달빛은 대낮처럼 밝고 영창에 어린 나뭇가지의 그림자가 어른어른 움직였다. 그는 마음을 전환시키고자 군담소설(軍談小說)을 읽으려고 〈임경업전〉을 집어 들었다.

"각설하고, 이때 조선국 충청도에 한 사람의 영웅이 있었으니, 그 이름은 경업이요, 성은 임가라."

그러나 그 글자도 가물가물 변해서 또 아름다운 홍랑의 자태로 변했다. 홍랑이 가슴을 쥐어뜯으며 섧게 울던 광경이며 희끗희끗 매끄러운 겨드랑이 밑에 보이던 터럭 생각이 나며 입안에 침이 고였다. 그러니 배비장은 또 소리 높여 딴소리를 하기 시작했다.

"서러워 말라, 낭자! 임이 그리워 우는가, 보고 싶어 애달파하는가. 애고, 가엾어라, 홍랑아!"

그러자 또 방자가 벌떡 일어났다.

"나으리, 지금 뭘 읽고 계십니까? 임장군전에 홍랑이가 나옵니까?"

"……."

"정말 시끄러워서 미칠 지경입니다. 끙끙 앓고 떠드는 바람에 잠을 잘 수가 있어야지요."

"미안하다. 그러나 마음이 절로 그리로 쏠리니 어떻게 하느냐?"

배비장은 방고래가 무너져라 하고 한숨을 내쉬었다. 방자는 배비장이 한숨을 쉬자, 그 정성이 딱했던지 아무 말 않고 얼굴을 돌렸다. 배비장은 방자가 그의 말에 핀잔을 주지 않자 다시 한 번 사정해 보리라 마음먹었다. 물에 빠진 사람이 지푸라기라도 잡는 심정이었다.

"방자야, 일생에 한 번뿐인 소원이다. 제발 홍랑에게 이 애끓는 내 심정을 전하기나 하여라. 좋다 나쁘다는 말은 그 여자의 마음에 달렸지만, 나는 이 소원을 이루지 못하면 죽고 말 것 같구나."

"흥, 나으리가 죽는다고 그 아가씨가 왼눈 하나 깜짝일 줄 아십니까? 절개가 철석같이 굳고 얼마나 오만불손한 줄 아셔요?"

"넌 그렇게 내 가슴을 박박 쥐어 박는 소리 말아라."

"사실이 그런데 어쩌라는 것입니까?"

"하지만 열 번 찍어서 안 넘어가는 나무 없다더라. 하여간 갔다와 보기나 하여라. 내 심부름 값으로 삼백 냥 주마."

삼백 냥이라는 말에 방자의 눈이 별안간 도둑고양이 눈처럼 반짝였다.

"삼백 냥이라니요?"

"왜 적어서 그러느냐? 삼백 냥이면 새우젓이 삼백 독이다."

"아니, 그런 게 아닙지요. 나으리가 주시는 돈이니 적고 많고 가 문제가 되겠습니까? 삼백 냥 아니라 서 푼을 준다 해도 벌써 갔을 소인 놈입니다. 하오나 소인이 이제까지 간다 못 간다 말씀 못 드린 것은 그놈의 돈 때문입니다. 나으리께 돈을 달라 하면 나으리는 필경 절 도둑놈이라 하시겠죠."

배비장도 돈 삼백 냥을 준다고 얘기해 놓고 보니 슬그머니 아까운 생각이 들었다. 방자는 이런 배비장의 낌새를 재빨리 알아차리고 급히 말했다.

"가, 가겠습니다. 삼백 냥을 지금 당장 물표로 쓰시어 저의 본집으로 부쳐 주십시오."

"그러면 돈 때문에 간단 말이냐?"

"나으리! 어쩌면 그렇게 소인의 마음을 몰라주십니까?"

돌연 방자는 찔끔거리면서, 눈을 흘끔흘끔 굴리어 배비장 눈치를 보면서 말했다.

"소인이 세 살에 아비를 잃었으며 늙은 어머니 손에 길러나서 열 살부터 잔심부름으로 뼈를 굳혀 왔습니다. 하지만 일 년 내내 가야 관가에서 주는 것이라고 어디 변변해야죠. 정월과 추석때 옷 한 벌씩 얻어 입는 것과 하루 세 끼 얻어먹는 것뿐입죠. 그러나 이것마저 없으면 정말 저의 모자는 굶어 죽습니다."

"그래서 어떻게 되었단 말이냐?"

"소인이 이번에 가는 심부름은 마치 사지에 끌려가는 기분입니다."

방자는 말을 끊고 배비장을 바라본 후, 땅이 꺼질 듯 한 한숨을 연방 내쉬었다.

"그래서?"

"그래서 그 돈 삼백 냥을 저에게 주십시오. 그러면 제가 설사 맞아 죽는 한이 있더라도 나으리의 소원을 풀도록 힘을 다하겠습니다."

"그렇다면 진작 그럴 것이지 무슨 잔소리가 그렇게 많으냐? 돈 일랑 염려 말고 어서 이 터질 듯한 답답한 심정이나 전해다오."

배비장은 기뻐서 선뜻 응낙했지만 방자는 손을 내밀고 좀체 떠나려 하지 않았다.

"왜 안 가고 있어?"

"주셔야지요."

"뭘?"

"그거 말입니다."

배비장은 그제야 방자란 놈이 삼백 냥을 떼어 주지 않아서 그런 줄 알고 곧 어음을 써서 내주었다. 그러자 방자는 냉큼 그걸 받아 괴춤에 쑤셔 넣었다.

"주셔야지요?"

"또 뭘 말이냐?"

배비장은 정말 화가 났다.

"이놈, 상전을 어찌 보고 자꾸 손만 벌리느냐?"

"나으리는 참 딱도 하십니다. 심부름을 보내시려면 편지를 한 장 써 주셔야지요."

"편지?"

배비장은 눈이 휘둥그레졌다.

"네. 소인이 나으리가 아닌 이상 뭐라고 전합니까? 자칫 잘못 전했다간 비웃음만 당하고 쌀쌀한 거절만 당할 것이 뻔하지 않습니까? 그리고 남녀간의 사랑엔 은근한 연서(戀書)가 오고가야 한답니다. 어서 달이 밝기 전에 써 주세요."

"으음, 그 말이 맞다."

배비장은 눈만 껌벅이며 뭐라고 써야 할지 짐작이 가질 않아 천장만 올려다보며 한동안 말이 없었다. 마침내 배비장은 울상이 되었다.

"그래, 어떻게 써야만 되느냐?"

"그야 쉽지요. 그러나 그건 좀 비싼데요."

"그건 또 얼마냐?"

"스무 냥만 냅쇼. 나으리니까 특별히 봐드리는 겁니다."

방자는 능청맞게 손을 벌렸다. 배비장은 '또 새우젓 스무 독이 달아나는구나. 마음속으론 아깝기 그지없었지만 내친 김에 별수 없는지라 스무 냥짜리 어음을 써 주었다.

방자는 그 어음마저 받아 넣자 점잖게 헛기침을 두어 번 하더니,

"그럼, 소인이 부를 테니 받아 쓰십시요. 먼저……."

하고 방자가 부르는 대로 배비장은 떠듬떠듬 받아써야했다.

"아! 달덩이 같은 낭자여. 낭자의 이름이 홍랑이라 하더니 그대는 참말로 아름답기가 무산십이봉(巫山十二奉)에서 노닐던 선녀와 같고 서왕모(西王母) 따라다니던 팔선녀(八仙女) 같구려. 더구나 그날 낭자가 한라산 맑은 물에 옷을 홀딱 벗고 백옥 같은 그 유방과 엉덩이로 물을 첨벙일 때 고기는 놀라서 펄떡펄떡 뛰고 가재와 게란 놈은 부지런히 숨을 구멍 찾아 허둥지둥 대는데, 이 못난 배서방, 몸뚱이가 있되 혼 나간 등신이요 껍데기뿐이라 입만 벙긋벙긋 숨도 쉬지 못했소."

배비장은 받아쓰면서, '참 잘 불러댄다. 아니 참 잘 쓴다.' 생각하고 신이 나서 어깨춤을 추었다. 방자는 그런 꼬락서니를 곁눈으로 보면서 계속해 불렀다.

"아, 그러나 이내 심정을 누가 알리요. 낭자를 한 번 본 이 사나이는 배도 아프고 골도 쑤시고 팔다리도 녹신녹신, 등허리도 으슬으슬, 꼭 학질 염병 뱃병 다 난 것 같소. 그래서 밥숟가락을 들어도 모래를 씹은 듯 깔깔하고 목만 타서 물만 자꾸 마셨더니 눈은 천 근처럼 자꾸 내리 덮이고 하품만 나며 배에선 천둥소리, 방귀만 힘없이 피식피식 뀌는가 싶더니 똥도 나오지 않소."

배비장은 쓰다가 붓을 멈추었다. 아무래도 글귀가 빗나간 듯싶

어졌기 때문이었다.

"이놈아, 사랑 편지에 누가 방귀 얘기며 똥 얘기를 쓴다더냐?"

"나으리는 잠자코 쓰기나 해요. 그래야만 서방님이 얼마나 고생하실까 측은해서 계집의 마음이 움직이는 거예요."

"그럼, 다음이나 빨리 불러라."

"낭자, 낭자, 낭자! 보고 싶소. 끌어안고 싶고 핥아 먹고 싶소. 깨물어 먹고 싶소. 잡아먹고 싶소, 때려죽이고 싶소. 칼로 난도질하고 싶소. 도끼로 ……."

"뭐라구? 아니, 가만히 있어라."

배비장은 쓰다 말고 머리를 젖혔다.

"이건 또 무슨 뜻이냐?"

"그야 나으리의 사랑이 지나친 나머지 그렇다는 심정입지요."

"……?"

방자는 멍청한 배비장을 내버려 두고 또 입을 놀렸다.

"낭자이시여. 너무 거만하지 말라. 활짝 핀 꽃과 같은 낭자의 아름다운 몸도 사시사철 젊음만 있지는 않소. 봄도 가고 여름도 가면 겨울이 오는 법, 홍안이 변하여 쭈그렁밤송이 되며 섬섬옥수 시들어 뼈와 가죽만 남는다. 그러면 신농씨(神農氏)의 백초약(百草藥)도 쓸모없고 삼신산(三神山) 찾아 동남동녀 삼백 명을 보낸 진시황도 덧없다. 그리고 수절고행(守節苦行) 말아라. 배서방이 죽고 사는 것이 오직 그대의 말 한마디에 달렸으니 알아서 하시라."

이것은 차라리 협박이었지만 쓰긴 다 썼다. 붓을 놓은 배비장의 이마엔 진땀이 맺혀 있었고, 그의 눈은 아닌 게 아니라 십 리나 들어간 것이 몹시 파리하고 뺨도 핼쑥했다.

어디서 첫닭 우는 소리가 들렸다.

방자는, 배비장이 정성껏 써서 봉함하고 게다가 청실홍실로 싸매기까지 한 봉서(封書)를 받아 들자 가슴에 품고 윗목에 벌렁 누웠다.

"왜 그러느냐?"

배비장이 의아한 눈초리로 그를 바라보았다.

"서방님이 꾸물거려 날이 밝지 않았소. 그러니 오늘 하루만 참으세요."

일각이 여삼추인데 또 하루를 기다려? 배비장은 뜨거운 것이 또 치밀어 가슴이 미어지는 듯 싶었지만 날이 이미 밝았으니 그도 어쩔 수가 없었다.

'아아, 사랑은 이렇듯 괴로운 것인가?'

배비장은 벽을 바라보며 구슬 같은 눈물을 뚝뚝 떨어뜨렸다.

3. 궤짝 속에 들어간 배비장

안개가 깔려 밤인지 낮인지 잘 분간을 할 수 없이 침침한데 배비장이 걷는 길만은 왜 그런지 환하게 불빛이 밝혀져 있었다. 배비장은 그 불빛을 쫓아갔다. 무척 낯이 익은 곳인데 그곳이 어디였던가는 선뜻 생각나지 않았다.

목사부 뒤뜰 관풍정(觀風亭)인지, 임해루(臨海樓)인지 잘 모르겠고, 다만 이런 곳에 이런 숲이 있었던가 깜짝 놀랄 만큼 은밀한 곳이었다. 그가 그 숲속을 헤치고 들어가자 한 장의 섬거적이 깔린 것이 보였다. 그런데 그 섬거적(가마니) 위에 무엇인가 희끄무레한 것이 누워 있었는데 자세히 보니 미끈하게 뻗어 내린 두 다리며 봉긋하니 하늘 높은 줄 모르고 솟은 두 유방이었다.

검은 머리가 얼굴을 감싸서 누군지 알아볼 수는 없었지만, 배비장은 서슴지 않고 다가갔다.

'홍랑 낭자!'

'……'

그 여인은 아무런 대답이 없었지만 배비장은 그대로 그녀 위에 쓰러졌다. 뭉클하고 두부처럼 반응 없는 육체였지만 배비장은 힘껏 끌어안았다. 그리고 곧 대장간의 풀무처럼 거친 숨결을 토하기 시작했다. 혓바닥으로 연신 여인의 온몸을 핥으면서 뜨겁게 속삭였다.

'낭자!'

'난 당신이 좋아, 정말 남정네가 얼마나 굳세다는 걸 보여 주고 말 테다.'

'……'

흰 배가 눈앞에서 파도치고 가슴이 꿈틀꿈틀 뛴다.

'그렇지! 그렇지! 낭자는 날 좋아하지?'

배비장은 마지막의 안간힘을 쓰면서 여인을 힘껏 안으려는데 눈앞이 별안간 환해졌다.

"나으리 뭘 하고 계십니까?"

등불을 눈앞에 바짝 들이대고 묻는 것은 방자였다.

배비장은 눈을 떴다. 그는 이불을 잔뜩 안고 끙끙거리고 있었다.

"그러면 그게 꿈이란 말인가?"

얼굴과 가슴엔 땀이 흐르며, 입가엔 희열의 군침이 아직도 마르지 않았다.

"나으리, 뭘 그렇게 정신 나간 사람처럼 앉아 있어요?"

"넌 방자냐?"

"네, 나으리. 심부름으로 답장을 받아 갖고 왔습니다."

"답장? 어디 보자."

배비장은 반색을 하고 편지를 받아 들었다. 역시 꿈은 꿈이었으되 천지신명도 자기를 버리지 않아 그토록 반가운 소식을 보내 주었구나 하고 무한히 감사를 드렸다.

'이름도 모르는 배 서방님. 주신 글월을 받아 보니 가슴이 마구 떨리고 그렇지 않아도 참새만 한 염통이 콩알만 하게 오그라들었나이다.'

배비장은 눈빛이 점점 밝아졌다. 그 예쁘장하게 쓴 글자 하나하나가 가인(佳人)의 손끝에서 오묘한 음악처럼 울려 나오고 그 향긋한 입김이 담겼다 생각하니 배꼽 아래쪽이 찡하게 저려 왔다.

'그런데 배 서방님은 글도 안 읽으시고 예법도 모르시나이까? 남녀칠세부동석이 성현의 가르침이고 남녀가 내외하는 것이 엄연하온데, 설사 서방님이 뱃병 설사병에다 똥 싸고 오줌 싼들 소첩이 무슨 상관이옵니까? 또한 여인이란 절개가 가장 소중하온즉 서방님이 아무리 얼르고 달래고 꾀쓰고 절을 한들 손목 하나 쥐게 할 수 있소이까. 천부당만부당한 말씀, 그런 어리석은 남정네이시라면 일찌감치 바다에 빠져 죽든지 뒷동산 밤나무에 목이나 매사이다. 그럼 서방님 신체 앞에 재상 차려 놓고 굴건상복 입고어이고 어이고 서방님 우리 낭군님 북망산천에 가신단 말씀이 웬말입니까, 하고 통곡하오리다.'

배비장은 여기까지 읽자 두 손이 와들와들 떨리고 입술이 흙빛으로 질리며, 이마엔 진땀이 번지는 게 곁에서 보기에도 사색이완연했다. 방자는 그런 모습이 딱했던지 편지 읽기를 재촉했다.
"어서 죽건 살건 그다음이나 읽어 보십시오."
"오냐."
배비장은 반 울음소리로 그다음을 읽었다. 이미 눈물이 앞을 가리어 그 글자 알기가 지지부진(遲遲不進: 매우 더디어서 일 따위가 잘 진척되지 아니함)이었다.

'연이나 서방님. 서방님이 저 같은 못난 계집으로 말미암아 병이 골수에 들어 목숨이 경각간에 달렸다 하니 그 말을 듣고 외면함은 정 없는 인간이라 하겠습니다. 하지만 서방님 살피어 주옵소서. 소첩은 과부로 깊은 규중에 있는 몸, 서방님을 반기고 싶어도 마음대로 못하는 초롱 안에 갇힌 새이옵니다. 부디 깊은 밤, 달 없는 날을 골라 첩을 찾아 주시면 좋을까 합니다. 그리고 저희 집엔 사람 눈도 많으니 조심하소서. 배 서방을 그리옵는 홍랑 올림.'

배비장은 그 글을 다 읽자 몸을 부르르 떨었다.

"이게 꿈이냐, 생시냐!"

무겁게 찍어 누르고 답답하기만 하던 두통이 씻은 듯하고, 잘잘 끓고 아프던 배도 후련하게 내려가는 기분이었다.

"나으리, 너무 기뻐하지만 마십시오."

"내 소원을 풀었는데 어찌 기쁘지 않을까보냐?"

"왜 그 편지에도 쓰여 있지 않았습니까? 홍랑을 보자면 조심하셔야 합니다."

"그래, 홍랑의 집엔 경계가 엄하냐?"

"그럼요. 우선 홍랑의 죽은 남편 동생 되는 범의 장다리(키가 큰 사람을 비유적으로 이르는 말) 같은 시동생 삼 형제가 늘 지킵니다. 그리고 늙은 구미호 같은 시어머니는 우리 며느리에게 벌레가 들랴, 어떤 놈이 넘볼랴, 잔소리하며 샘으로 물 길러 갈 때는 물론 측간까지 쫓아다닌답니다."

이 말을 듣고 보니 배비장은 기쁨의 절정에서 또 한 번 절망의 구렁텅이로 떨어지고 말았다.

"하늘도 무심하구나. 다 죽어가는 불쌍한 인간에게 기쁨을 안겨 주더니 이번엔 자칫 잘못하면 몽둥이를 맞아 다리가 부러지기 꼭 알맞은 시련만 주시는구나."

이렇게 한참 배비장이 한숨 짓는데 방자란 놈이 가슴을 치며 한마디 한다.

"나으리, 소인이 한번 나선 이상 모두 맡겨 주십시오."

이윽고 자시(子時)를 알리는 북소리가 목사부에서 들려왔다.

자시쯤 되면 인적도 드물고 집 없는 들개나 암내 난 고양이의 '니야옹' 소리가 기분 나쁘게 어둠 속에서 들리는 시각. 그런 어둠 속을 배비장과 방자는 나섰다. 방자는 벙거지를 쓰고 순라꾼처럼 육모 방망이를 들었고, 배비장은 개가죽 두루마기에 노벙거지(실, 삼, 종이 따위를 가늘게 비비거나 꼰 줄로 엮어서 만든 벙거지)를 썼는데, 그 모습이 가관이었다.

배비장은 몹시 가빴다. 상사병으로 며칠 굶은 창자에 허겁지겁 음식을 욱여넣은 탓도 있지만 강정제로 좋다는 인삼 녹용에다 해삼, 전복, 각종 산채(山菜)까지 진탕 먹어 대었으니 가쁘지 않을 수 없었다. 이윽고 꼬불꼬불 꾸부러진 골목길을 굽이굽이 돌아 어떤 기와집 앞에 이르렀다.

그 집은 높은 담을 두른 꽤 큰 집이었다. 담이 어떻게나 높은지 그 위에 보이는 솔나무 가지와 곡선을 그린 용마루의 일부만 보였다.

그들은 우선 대문께로 살금살금 다가가서 슬며시 밀어 보았으나 꿈쩍도 하지 않았다.

"뒷문은 없느냐?"

방자는 대답 대신 고개를 흔들었다.

그래서 그들은 대문을 단념하고 높은 담을 따라 들어갈 만한 곳이 있나 살피기 시작했다. 하지만 담이 무너진 곳이 있을 리가 없다. 한 바퀴 삥 돌아봐도 담벼락은 철벽처럼 잡인의 침범을 막고 있는 게 아닌가.

배비장이 또 안타깝게 말했다.

"네가 그 자리에 엎드려라."

"어떻게 하시렵니까?"

"널 목말 타고 담을 넘겠다."

그러자 방자는 고개를 설레설레 흔들었다.

"나으리 큰일 날 소리 아예 마십시오. 담이 높아서 타고 넘기도 어려울뿐더러 담 위엔 새끼줄을 쳐 방울을 달아 놓았답니다. 설사 그 방울을 용케 울리지 않고 넘어 들어간다 해도 담 저쪽엔 곳곳이 함정이며 참대를 뾰족하게 깎아 거꾸로 총총히 박아 놓았답니다. 나으리께서 함정에 빠지시어 허우적대시거나 참대꼬치에 창자라도 꿰실 각오가 있으시면 소인 등과 어깨를 밟고 담을 타고 넘으십시오."

배비장은 그 말을 듣고 보니 그것도 하늘의 별 따기보다 어려운 일로 여겨졌다.

"어허, 그럼 어떻게 하면 좋으냐?"

"그래서 소인이 나으리에게 개가죽 두루마기에 노벙거지를 입고 오시라 했잖습니까?"

그러면서 방자가 배비장을 끌고 간 곳은 담 밑으로 난 개구멍이었다.

"이것은 개구멍이 아니냐?"

"예."

"그럼 나더러 개가 되란 말이냐?"

"이런 때 나으리께서 개 아니라 쥐새끼가 된들 어떻겠습니까?"

그러고 보니 그것도 일리가 있어서 화를 낼 수도 없었다.

"들어가시면 분명히 불 켠 방이 있을 겁니다. 그 불빛을 바라보고 살금살금 기어가서 사창(紗窓: 얇은 비단으로 만든 창문)을 두 번 두들기세요."

"오냐."

배비장은 벌써 아리따운 과부 홍랑을 품고 누워 있는 광경을 생각하고 엎드려서 가만히 발부터 개구멍으로 집어넣기 시작했다. 그렇게 발은 순순히 들어갔지만 그의 통통해진 배가 걸려 더 이상 들어가지 않았다.

"좀 도와다오."

그런데 방자는 배비장을 개구멍에서 도로 잡아 꺼내더니 핀잔까지 주었다.

"눈치가 빨라야 절에 가서 젓국이라도 얻어먹는다는데 나으리는 차려 놓은 상도 찾아 먹지 못하겠소."

"……?"

방자의 핀잔은 더욱더 노골적으로 나왔다.

"나으리는 어머니 배에서 나올 때 다리부터 나오셨구려. 해산법에서 보아 알듯이 좁은 구멍에 들어갈려면 머리부터 들어가는 법. 나으리는 어찌 천지의 이치도 모르시오?"

배비장은 무안해서 얼굴이 붉어졌지만 이치가 그러니 한마디도 변명할 수 없어서 다시 낑낑대며 머리부터 개구멍에 집어넣고 들어가려고 애를 썼다. 그러나 이번에도 배가 걸리어 잘 나아가지를 않는데, 방자란 놈이 별안간에 육모 방망이로 배비장의 엉덩이를 쳤다.

"이놈의 누렁아! 뭘 꾸물거리고 있느냐, 어서 들어가거라!"

그 매질이 어찌나 아팠던지 눈물이 쏟아지며 비명을 지르고 말았다.

"아이고, 사람 살려!"

어찌 되었던 그 매 덕분에 걸렸던 배가 조금씩 개구멍 속으로 들어갔다.

그런데 비명 소리를 듣고 조용하기만 했던 집안이 일시에 깨어난 듯 개들이 여기저기에서 짖어 대기 시작했다.

"아차!"

배비장이 혀를 깨물고 있는데 집 안에선 벌써 불빛이 여기저기에 밝혀지기 시작했다.

"무슨 일이냐?"

"어떤 놈이냐?"

"도둑놈이 들었다!"

배비장은 아직도 담 밖에 있는 다리를 버둥거리면서,

"이젠 일이 다 글렀다. 빨리 뽑아내라."

하고 소리 질렀다.

방자가 배비장의 다리를 잡고 힘껏 잡아당기니 그 아픔이란 이루 말할 수 없을 정도였다. 배비장의 머리에 썼던 노벙거지가 벗겨져 달아나고, 개가죽 두루마기도 찢어지고 흙이 묻고 또한 배비장의 온몸은 상처투성이가 되었다. 그런데 더욱 난처해진 것은 대문을 열고 장정 몇이 몽둥이를 들고 쫓아오는 어지러운 발소리였다.

"이놈들! 이 능지를 할 도둑놈들아, 꼼짝 마라!"

배비장은 그 자리에 힘없이 늘어져 꿍꿍 앓았다. 도망갈 기운도 없었다. 그들에게 잡힌다면, 생각만 해도 눈앞이 캄캄하다. 그렇지 않아도 사또 김 경이 그를 못마땅하게 여기는 것이 역력한데 예방 비장쯤 되는 자가 야밤에 남의 집 개구멍으로 들어가다가 봉변을 당했다면 그 체면이 뭣이 될 것인가. 그래서 더욱 발이 떨리어 도망갈 용기가 나지 않았다.

쫓아 나온 장정들은 더욱 고함소리를 높여 외쳐 댔다.

"이놈들 꼼짝 마라!"

그러자 가만히 서 있던 방자가 그들을 노려보며 마주 호통을 쳤다

"소란스럽다! 이놈들 누구더러 도둑놈이라고 함부로 입을 놀리느냐!"

쫓아오던 그들이 일시에 주춤했고 방자의 호통은 계속되었다.

"네놈들은 이 벙거지에 육모 방망이가 안 보이느냐? 난 제주부에 있는 아전이다."

그러자 그들 중의 하나가 공손한 말투로 물었다.

"이거 아전님을 소인들이 눈이 멀어서 잘 못 보았습니다. 그러나 아전님 발아래 웅크리고 있는 놈은 분명히 도둑놈이니 소인들에게 넘겨주십시오."

배비장은 이 말을 듣자 더욱 간이 오그라들어 방자의 다리 사이로 바짝 머리를 디밀고 오들오들 떨었다.

그런데 방자의 목소리는 태연하기만 했다.

"고약한 친구들, 너희들 눈엔 이것이 사람으로 보이느냐?"

"……?"

"이건 내가 밤에 순라 돌 때 끌고 다니는 누렁이다. 마침 개구멍이 있어서 잠깐 들어가려고 했을 뿐이다."

"……."

그래도 그들은 선뜻 믿으려 하지 않는 눈치였다.

"이놈! 누렁아, 일어서!"

방자의 호통에 배비장은 할 수 없이 네 발 가진 짐승처럼 땅바닥에 엎드렸다.

"발 하나를 들어 오줌이 마려우면 그곳에 누어라!"

배비장은 정말 발 하나를 들었다. 이 자리를 무사히 벗어날 수 있기만 한다면야 무슨 짓인들 못하랴는 비장한 결심을 했다.

"정말 신통한 개로군요. 저렇게 말을 잘 듣습니까?"

상대방 장정 하나가 말하니 또 한 사람이 대꾸했다.

"그런데 몸은 분명히 개인데 대가리 좀 보게 상투가 달린 개도 있나?"

"정말."

"무지한 친구들, 그래 그대들은 양반집 개와 상놈집 개도 분간 못하느냐? 이 상투 달린 개로 말하자면 한양 서강에서 특별히 사또님이 데리고 온 개이니라."

그러면서 눈치 빠른 방자는 또 한 번 그들에게 호통을 치고는,

"워리, 워리."

하며 먼저 발걸음을 돌려 걸어갔다. 배비장은 그 뒤를 쫓아 엉

금엉금 고개를 푹 파묻고 처량하게 개 흉내를 내며 기어갔다.

어둠은 더욱 짙어지고 어디선가 웃음소리가 들려왔다. 배비장은 그 웃음소리가 자기를 비웃는 웃음소리인 것처럼 여겨져, 침울한 마음은 짙은 어둠보다 더 깊어져 갔다.

숙소로 돌아온 배비장은 또다시 배창자가 뒤집히는 심정이 되었다. 그 과부 집에 그렇게 사나운 장정들이 지키고 있을 줄이야 뉘 알았으랴.

"방자야!"

"네"

"어떻게 하겠느냐? 시치미를 뗄 작정이냐? 그러면 내가 준 삼백 냥은 도로 내놓아라."

배비장은 이마에 파란 힘줄을 돋아 보이면서 역정을 냈다.

방자도 생각을 해 보니 밑이 구린 것이 사실이었다. 그 돈 삼백 냥은 벌써 애랑과 나눠 가졌기 때문이다. 그쯤 해 두면 물러날 줄 알았는데 배비장이 이렇게 끈덕지게 나올 줄은 몰랐던 것이다.

"나으리, 어디 그것이 소인 탓입니까? 그러나 애랑, 아니 홍랑이 이미 반승낙은 했으니 서서히 틈을 보아서 하시지요."

"이놈아, 한시가 급한데 언제까지 기다리란 말이냐? 난 차라리 그 돈이라도 찾아서 약이나 사 먹고 죽겠다."

이렇게 되니 다급해진 것은 방자였다.

"잠깐만 고정하십시오."

방자는 배비장을 달래고 잠시 어딘가 나갔다 오더니 배비장의 귀에 대고 속삭였다.

"지금 홍랑이 서방님을 그리워하다 상사병이나 몸져누웠답니다. 그러니 나으리께선 잠시 봉사가 되시어 홍랑네 집에 가십시오."

"그럼 나더러 장님이 되란 말이냐?"

"글쎄, 그게 홍랑을 만나 볼 수 있는 최선의 방법입죠."

배비장이 생각해 보니 그것도 한 방법인 듯싶었다.

"그래라."

마침내 배비장은 그러마 하고 눈에 풀을 발라서 눈꺼풀을 빳빳하게 하고는 방자의 손에 이끌리어 홍랑의 집으로 갔다. 홍랑의 집엔 동네 아낙네들과 비번인 수청 기생들이 많이 모여들었다.

방자가 먼저 외쳤다.

"배봉사님 오셨습니다."

"어서 아씨 방에 들도록 일러라. "

방자는 배비장을 댓돌 앞까지 인도해 가고 나서 재빨리 귓속말로 일렀다.

"나으리 방에 들어가시면 해 달라는 대로 해 주십시오."

배비장은 고개를 끄덕였다. 갑자기 봉사 노릇을 하려 하니 모든 게 서툴기만 하여 하마터면 댓돌에 걸려 넘어질 뻔했다.

"이리 오사와요."

누군가 부드러운 손이 와서 이끌어 주는 바람에 배비장의 기분은 흐뭇해졌다. 방 안에 들어가니 우선 코를 찌르는 것이 짙은 분내와 머리 기름내다. 그것이 무르익은 여인들의 땀내와 몸내에 섞여서 풍기는 게 어지러울 정도였다.

"앉으시와요."

손을 이끌던 여자가 그를 방 한가운데 앉혔다. 눈을 뜰 수 없지만 방 안엔 적어도 십여 명의 여인들이 빽빽이 들어앉아서 자기의 일거일동을 지켜보고 있다는 걸 알 수 있었다.

'그런데 홍랑은 어디에 누워 있을까? 주인이니 아랫목에 누워 있겠지.' 하고 배비장이 달콤한 상상에 취하고 있을 때,

"얘, 아가야, 네 소원대로 봉사님을 모셨으니 어서 경을 읽어 달라고 해라."

하고 시어머니인 듯싶은 여자가 입을 열었다. 배비장은 아차 싶었다. 경을 읽자면 옥추경(玉樞經: 도가 경문의 하나)을 읽어야 할 텐데 그 첫마디도 알지 못하니 참으로 난처했다.

"아닙니다. 마님, 경이란 정성으로 읽는 것인즉 좀 더 있다 읽도록 합죠. 그것보다 병자의 마음도 풀고 몸도 풀 겸 사지를 주무르고 아픈 근원을 찾아내야 하겠습니다."

"에구머니! 그런 망측한 일이 어디 있담. 남의 집 귀여운 며느리의 사지를 설설 주무르겠다니."

그 말을 듣고 보니 배비장은 말이 지나쳤다고 생각되어 이번에는 얼른 화제를 바꾸어 변명해야 했다.

"환자님에겐 밤새도록 경을 읽어야 하니 슬슬 해도 괜찮죠. 그럼 이왕 왔으니 방 안에 계신 여러분들의 일생 운수나 점쳐 드리리다."

"점을요?"

"네, 제 점은 신통한 것이 손만 만지고 한참 있으면 그분의 과거 미래를 순식간에 판단하고 죽을 사람은 죽는다 일러 주고 금시 발복할 사람은 금시 발복한다 합죠."

"에구머니나, 그게 사실이요?"

또 한 번 시어머니와 여자들이 비명을 질렀다. 그러자 홍랑의 시누이 노릇을 하는 여인이,

"어머, 손 좀 만졌기로서니 어때요. 더구나 상대방은 눈먼 장님 아녜요."

하고 말했다. '호호호' 하는 웃음소리가 방안이 떠나갈 듯 울렸다. 배비장은 우리 안에 갇힌 맹수가 몸부림을 치듯 얼굴이 붉어졌지만 무슨 일이 일어나도 눈만은 뜰 수 없어 꾹 참고 앉아 있어야 했다.

"자, 봐주세요!"

조금 전의 그 시누이가 손 하나를 내밀고, 배비장은 그 손을 지

그시 잡았다. 포동포동하고 매끄러운 손이었다.

'허, 이 손은 곱기도 한 것이 부잣집 규중처녀로군.'

배비장은 한마디 말해 놓고 뭣이라 말할까 머릿속으로 그 궁리를 해야 했다.

"어때요? 제가 부잣집에 시집가서 잘살 것 같아요?"

"글쎄올시다. 인간의 행불행은 예측할 수 없는 것, 모두 그 사람의 복록과 마음씨에 달려 있습니다."

"그러니 봐 달라는 것이 아니에요?"

"얼굴은 예쁩니까? 코는 오똑하고, 구멍은 위로 뚫렸습니까? 밑으로 뚫렸습니까?"

"그런 걸 내가 어떻게 알아요?"

여인은 톡 쏘는 목소리로 약간 토라지듯 말했다. 허나 배비장은 개의치 않고 한 손으로 여인의 얼굴을 만지기 시작했다.

"눈은 사팔뜨기 입니까? 언청이는 아닙니까? 곰보는 아닌가요?"

"참말로 별꼴 다 보겠네."

그러나 여인은 몸을 빼지 않고 가만히 있었다.

배비장은 한참 여인의 얼굴을 더듬더니 이번엔 그 손을 내려서 잠자코 여인의 유방으로 가져갔다. 봉긋하고 뜨거운 유방이 손에 만져졌다. 배비장은 그 유방을 꽉 만지기도 하고 톡 쳐보기도 했다.

"아니, 점은 보지 않고 남의 몸을 만지기만 해요."

"가만 가만…… 모든 정신을 통일시켜야 올바른 운명을 가려내는 법, 조금만 더 참으십시오."

배비장은 손을 옮겨 여인의 둥근 어깨며 가는 허리로 해서 엉덩이 쪽을 슬쩍 스치고, 급기야는 여인의 아랫배까지 만져보고 나서야 손을 떼었다. 그러나 손목을 쥔 손만은 여전히 그대로였다.

'이렇게 순순히 가만히 있는 걸 보니 어지간히 온순하구나. 그리고 지금 무슨 생각을 하고 있는지 그것까지는 모르지만 여인의 손을 꼭 잡고 있으니 적어도 가슴의 고동과 맥박은 알 수 있으렷다.'

그는 그렇게 생각하고서 '점도 이쯤하면 보기 쉽구나.' 하고 혼자 감탄하기도 했다. 이윽고 배비장은 엄숙한 목소리로 말했다.

"성격이 온순하고 얼굴도 박색이 아니니 좋은 낭군을 만나리라. 그러나 유방이 크고 궁둥이가 이미 큰 걸 보니 이웃집 총각 놈과 재미를 보았으렷다."

"옴마나!"

그 여인은 소매로 입을 가리고 웃었다. 나이는 열여덟밖에 안 되지만 총각놈 뿐 아니라 제주부를 다녀간 사또만 해도 네댓은 배 태워 주었던 데다가 비장, 아전, 군노, 포졸 따지면 몇 사람이나 되는지 몰랐다. 그러나 여인은 부끄러운 듯 호호 웃었다.

그러자 홍랑의 가짜 시어머니 노릇하는 기생이 말했다.

"봉사님의 점이 그토록 신통하니 이 늙은 년의 점 좀 봐주구려."

"그럽시다."

배비장은 속심으로 이틀을 타 이 구미호 같은 시어머니 년을 골탕먹여 주리라 결심했다. 이년이 극성맞기 때문에 그렇게 혼자 된 과부를 단속하고 결과적으로 자기가 개구멍으로 들어가려다 봉변을 당했지, 생각하며 이를 갈았다. 손목을 잡았다. 부드럽고 매끄럽다. 얼굴을 더듬었다. 포동포동하고 살이 쪘다.

'이상한데.'

이번엔 유방을 난폭하게 만졌다. 유방도 호롱박 만한 것이 통통하고 탄력이 있었다.

'아니, 이럴 리가 없는데…….'

아랫배를 만졌다. 뜨겁고 부드러운 뱃살이 꾸물거리며 여인이 몸을 비트는 것이 느껴졌다. 그리고 서로 바싹 무릎을 마주 대고 앉았는데 여인은 무릎 새를 살짝 벌리는 게 아닌가.

'요년 보아라. 몹시 음탕한데.'

그래서 궁둥이로 손이 갔다. 안반(떡판, 떡을 칠 때에 쓰는 두껍고 넓은 나무 판.)만 한 게 묵직했다.

"어서 봐요."

여인이 코 먹은 소리로 재촉했다. 배비장은 상을 찡그리며 손목을 쥔 손을 놓고 두 손을 여인의 턱으로 가져가선 손을 양쪽으로 갈라 쥐더니 아구창을 확 벌렸다. 손등에 고른 잇몸이 부딪쳤다.

"이제 그만하고 어서 점을 봐요."

여인은 아픈지 고통스런 목소리로 말했다.

배비장은 씹어뱉듯 말했다.

"그년 이빨이 온전한 걸 보니 먹쇠도 좋고 몸도 다부지게 생겼겠다!"

"아니, 지금 뭐라고 했어요?"

"잇몸이 아직도 젊은이처럼 고르니 밥 잘 먹고 고기도 잘 씹겠소."

"그러문요."

"그래서 서방은 일찍 잡아먹었겠다."

"어째서요?"

"먹쇠도 센데 살이 찌지 않았으니 색을 좋아하였다. 그리고 궁둥이도 큰 걸 보니 극성맞은 아들놈들을 내질렀겠다."

배비장은 자기를 쫓아낸 그 삼 형제 생각을 하고 욕설을 퍼부었다.

"아녜요, 아이는 없는데요."

배비장은 그 말도 귀에 들어오지 않는지 나오는 대로 지껄였다.

"당신 같은 부인은 소도둑놈 같은 서방한테 두 번 시집갈 팔자야. 그래야만 성질도 온순해지고 고분고분해지지."

시어머니의 점이 끝나자 여인들은 너도나도 점을 봐달라고 졸랐다. 그들의 요구를 다 들어주다 보니, 해가 저물었는지 불을 밝혀 놓은 것이, 햇볕보다 흐릿한 광명이 억지로 감은 눈동자에 전해 왔다.

'그럼 이 댁 아씨님의 몸을 주물러 줄까?'

배비장은 혼잣말을 하며 홍랑이 누워 있음직한 아랫목 쪽에 무릎걸음으로 갔다.

"여기예요."

낭랑한 목소리가 나자마자 매끄러운 손, 물에서 금방 건져낸 은어같이 팔팔한 손가락이 와서 배비장의 손을 감으며 끌고 갔다. 배비장은 조심조심 홍랑의 몸을 더듬었다. 그의 가슴 속은 감격으로 가득했다. 상사병이 걸려 죽고 싶도록 품고 싶었던 여인, 이 여인 때문에 다른 어떤 여인도 흥미가 없고 시들했던 게 아닌가.

"제 허리 좀 주물러 주세요. 아까부터 맹인님의 점 보는 얘기를 듣고 있으니 몸 아픈 것도 잊어 먹을 정도였어요. 전 점은 괜찮으니 주무르면서 얘기나 해 주세요."

역시 서로 은근한 연서의 내왕이 있었으니 홍랑이 내 마음을 알아주는구나, 하고 생각하니 배비장은 한없이 기뻤다.

그러나 시치미를 떼고,

"네, 네. 아씨님만 완쾌되신다면 무슨 짓인들 못하겠습니까?"

하고 냉큼 대답했다.

"아이 좋아라."

홍랑은 땀이 나서 끈끈한 배비장의 손바닥 밑에서 떨었다.

"그런데 맹인님, 맹인님은 이곳 분이 아니시죠?"

"저, 말씀입니까? 저야 본래가 한양 사람입니다."

"어머, 정말 그랬군요. 어딘지 말소리가 사근사근 간드러진다 싶었어요. 그런데 어떻게 이런 점까지 보세요?"

배비장은 그 물음에 슬픈 낯으로,

"그 물음만은 묻지 마십시오. 죄가 많으니까 그렇죠."

하고 처량하게 대답했다.

"어째서요? 이렇게 만난 것도 모두 전생의 인연일 텐데 숨기실 필요는 없지 않아요?"

"그렇습니다. 풀 한 포기를 꺾는 것도 전생의 인연. 하물며 아씨님 같은 분의 허리를 주무르는 게 어찌 인연이 아니겠습니까?"

"그럼 말씀해 주세요."

"제가 모두 잘못한 탓입니다."

배비장은 그가 한양에서 건달로 있을 때 친구한테 들은 얘기를 하기 시작했다. 그런 얘기라도 해서 방 안에 가득 있는 계집들을 진력나게 하고, 그동안이라도 그리운 홍랑의 몸을 실컷 주무르리라 마음먹었다.

배비장은 자기가 얘기하려고 하는 그럴듯한 거짓말에 모두들 귀를 기울이고 있는 걸 느끼자 두어 번 헛기침을 하고 목소리를 가다듬었다.

"이건 제가 열일곱 먹었던 때였습죠. 물론 그때는 두 눈이 멀쩡했구요. 저는 종로 육비전 거리 포목점에서 심부름을 하고 있었습니다. 몸도 튼튼하고 일도 성심껏 해주었으므로 주인 내외의 사랑도 받았습죠. 그런데 주인마님에겐 그때 스무 살 먹은 과부 딸이 있었는데 이년이 가끔 추파를 던지지 않겠어요."

남의 정사 얘기를 듣는 것은 흥미 있는 일로 그것이 진짜건 가짜건 그럴듯하게 받아들여지는 것이 인지상정이었다. 모여 앉은 계집들은 눈을 반짝이며 나불대는 배비장의 입만 지켜보았다.

"그러나 어림이나 있겠습니까? 남녀유별은 엄연한 법 다 큰 놈이 주인 과부 딸 방에 떳떳이 들어갈 수 있겠습니까?"

배비장도 제법 구변 좋게 말하면서 반응을 살피듯 홍랑의 유방 근처를 슬쩍 주물렀더니, '아야야!' 하고 비명 소리를 내었다.

배비장은 다시 헛기침을 하고 이야기를 계속했다.

"그러나 간사한 것은 계집. 하루는 과부 딸이 나들이를 갔다가 그만 개에게 발목을 물렸다는 것입니다. 그래서 약을 먹는다 침을 맞는다 치료를 했지만 통 낫지를 않아 걱정이었죠. 과부 딸은 다리가 아프다면서 한시도 쉬지 않고 주물러 달라고 합니다. 처음에는 주인 마님이 주물렀으나 얼마 못 가서 지쳐 떨어지고 말았습니다. 그러던 중 주인 마님이 나를 불러 '네가 귀찮지만 딸아이 다리 좀 주물러 주려무나.' 하고 말하더군요. 물론 난 두말 않고 고개를 끄덕였습니다."

뭇계집들은 '꼴깍, 꼴까닥' 하고 침을 삼켰다. 배비장도 거짓말을 시작했으니 끝까지 번드르하게 해야 한다고 결심했다. 하지만 거짓말하기도 힘든 일이어서 겨드랑이에 진땀이 나는데 분내와 머리기름내에 골치까지 아파서 구역질이 날 것만 같았다.

　"전 방에 들어갔습니다. 주인 과부 딸은 이불을 뒤집어쓰고 끙끙 앓고 있더군요. 그래서 무릎을 꿇고 가만히 물린 발목 쪽을 더듬는데, '아얏!' 하고 비명을 지르더니 그 매끄러운 손으로 내 손을 덥석 잡았습니다. '아파요, 만질라면 살살 만져요.' 과부 딸이 손을 지그시 잡아당기며 꼬옥 쥐니 그와 더불어 내 몸은 점점 기울어져 엎드린 꼴이 되었습니다. 나는 생전 처음 당하는 일이고 또 젊은 과부 딸과 방 안에 단둘이 있다고 생각하니 얼굴이 벌게지며 뭐가 뭣인지 멍해졌습죠.

　'어때요. 배서방?'

　'네?'

　'며칠이나 주무르면 낫겠어요?'

　'저기, 저'

　그러자 과부 딸은 큰 소리로 '어머나, 보름이나 걸려요!' 하면서 내 손을 잡아끌어 자기 배로 가져가더군요. 여자 나이 스무 살이면 기름이 올라서 척척 손에 들어붙을 것만 같은 매끄러운 살결입죠. 그 뱃살은 따뜻하고 속에 불덩이를 숨긴 듯 짜릿했죠."

그때 계집 하나가 물었다.

"그 과부 딸의 인물이 예뻐요?"

"그러믄요. 방금 솟아오르는 달덩이처럼, 물 찬 제비 같았습니다."

"호호호."

한바탕 방 안은 웃음꽃이 피었다.

"제가 과부 딸의 발목을 주무르러 안으로 들어가기 시작한 사흘째였습니다. 그날은 내가 들어가니 과부 딸이 일어나서 앉아 있었는데 곱게 화장을 하고 있었습니다."

'아씨님, 주인 영감님이 아시면 어떡하시려고?'

'아버지는 동문 밖 작은집에 가셨어요. 그리고 어머니도 아침부터 술을 마셔 잠이 들었는걸요.'

하며 언제 준비했는지 조촐한 술상을 내밀며 술잔에 술을 따랐습죠.

'제가 술을 따를 테니 한 잔 쭉 들이키세요.'

'전 술을 못합니다.'

'어머, 사나이가 장정이 다 되어서 술도 못 먹어요? 여자인 나도 먹는데.'

하면서 자기가 술잔을 홀짝 입에 물더니 반쯤 목구멍에 넘기고 바짝 다가앉아 어깨를 안으며 내 입에 술을 옮겨 주더군요. 향긋한 술과 함께 계집의 따뜻한 혀끝이 스쳤습죠.

'어머, 정말 풋내기 도련님이로군요. 자, 내가 가르쳐 줄 테니.'

하면서 내 몸을 확 밀더니 덮쳐 왔어요. 처음엔 나도 부끄럽고 계집의 몸이 이렇게 무거운 것인가 발버둥을 쳤지요. 그러나 한사코 달려드는 젖가슴이며 아랫배가 거머리처럼 들러붙으며 그 탐스러운 허벅지가 내 몸에 감기자 내 몸도 마구 성을 냈습니다. 헤헤헤, 정말 계집의 살이 그처럼 달콤하다는 것을 처음 알게 되었죠."

배비장은 그렇게 말하고 씨익 웃고 풀칠한 눈이 보이지는 않지만 계집들을 돌아보듯 고개를 두리번거렸다. 계집들은 모두 숨을 죽이고 귀를 기울이고 있는 모양이었다.

"그런데 모든 것은 처음이 있으면 끝이 있는 법. 이런 일이 오래 무사할 수가 있어야죠. 하루는 여전히 과부 딸하고 노닥거리는데 이 집 마님이 불쑥 들이닥치지 않겠습니까.

'이런 하늘이 무섭고 법 무서운 줄 모르는 일이 다 있나.'

저는 얼떨결에 도망친다는 것이 이불 속으로 기어 들어갔습죠. 주인마님은 이불을 벗겼습니다. 그리고 느닷없이 뜨거운 물을 끼얹는데 그만 아찔하며 눈이 보이지 않잖아요."

방 안은 잠시 침묵이 감돌더니 저희들끼리 두런두런 얘기를 하기 시작하였다. 배비장은 억지로 꾸며 대느라 어색한 기분을 감추며 누워 있는 홍랑의 몸을 부지런히 주물렀다.

밤도 어지간히 깊어졌나 보다.

"아아, 졸려!"

하고 하품하는 계집의 목소리가 들리더니 문소리가 나고 하나둘씩 나가기 시작했다. 배비장은 감쪽같이 계집들을 속이고 정말 아까의 거짓 이야기처럼 자기가 남의 집 귀여운 과부 며느리를, 비록 옷 입은 채였지만 설설 주무른다 하니 꿈결마냥 황홀했다.

또 얼마의 시간이 흐른 후 홍랑이 몸을 뒤틀었고 배비장은 헛기침을 두어 번 했다. 그러자 홍랑의 손이 은근하니 뻗어 와 다시금 그의 손목을 쥐었다. 틀림없는 아까의 얘기 그대로였다.

"왜 그러십니까?"

"헛, 조용히 하세요. 여기, 여기가 아파요. 불덩어리가 치미는 것처럼 열이 있어요."

홍랑이 배비장의 손을 끌고 간 곳은 그녀의 아랫배였다. 알고보니 그녀는 치마 속에 아무것도 입지 않았다.

"정말 뜨겁군요."

배비장은 그렇게 능청을 떨었다. 그리고 손가락을 야금야금 놀리며 근방을 산책하기 시작했다. 터럭이 손에 스쳤다. 비밀의 골짜기도 스쳤다. 홍랑의 몸은 그 중심부에 이를수록 뜨거운 불덩어리를 안고 있었다.

배비장은 한숨을 쉬었다.

"왜 그러세요?"

홍랑이 간드러진, 코 먹은 소리로 물었다. 그는 또다시 땅이 꺼져라 한숨을 쉬었다.

"왜 그러세요?"

하고 또 홍랑이 물었다.

배비장은 약간 떨리는 목소리로 대답했다.

"낭자의 뜨거운 불을 끄고 싶습니다. 하지만 그 생각을 하니……. 불을 끄다가 또 뜨거운 물벼락을 맞아 또 한 번 눈이 얼 것만 같습니다."

"호호호."

홍랑은 깔깔 웃었다.

"그런 걱정이라면 염려 마시와요. 서방님과 소첩은 단둘이만 있사옵고 아무리 호랑이 같은 시어머니며 불여우 같은 시누올케들이라도 다 죽어 가는 며느리가 맹인님을 불러서 치성을 드린다는데 누가 오겠습니까. 벌써 밤도 으슥했사와요. 어서 불을 꺼 주사이다."

홍랑은 섬섬옥수를 뻗어 배비장의 바지춤을 잡았다.

배비장이 어찌 이걸 사양할 것인가. 뜨거운 물벼락 아니라 장살(杖殺: 매맞아 죽음)을 당한들 후회가 없을 것 같았다. 그래서 엉거주춤 바지를 벗고 홍랑 옆에 누웠다. 홍랑은 즉시 몸을 바짝 붙여 오더니 다리를 들어 그를 맞아들일 기세였다.

배비장은 이젠 그 누가 막아도 멈출 수 없는 극단에 이르렀다. 그래서 홍랑을 담쏙 안고 한참 노는데…… 그 정감이며 그 황홀

함이란 무릉도원을 노닐었던 이태백의 취흥도 이만 못 할 것이며 구름 타고 선경을 노니는 신선이 계집의 희어 멀쑥한 허벅지를 보고 어지러워 구름에서 떨어졌다는 말도 알 만하였다.

이렇게 배비장과 홍랑이 한참 땀을 빼고 돌아누워 꿀 같은 달콤한 정담이며 꼬집고 간지러움 태우는 시시덕거림을 되풀이하다 보니 또 슬그머니 사내가 발동했다.

배비장은 한 번 알게 된 익숙한 출입이라 홍랑의 배 위에 올라타는데 난데없이 문짝이 부서져라 하고 흔드는 소리가 들렸다.

배비장은 너무도 간담이 서늘하고 혼비백산하여 이제껏 감고 있었던 눈을 번쩍 떴다.

"홍랑아, 홍랑아. 어서 문 열어라. 외삼촌이다. 네 병이 위태롭다는 소릴 듣고 헐레벌떡 달려왔다."

문밖에서 왕방울 같은 목소리로 떠드는 소리가 들려왔다.

"아이고, 외삼촌 오셨어요. 잠깐만 기다리세요. 지금 옷을 입고 있으니."

홍랑은 호들갑을 떨며 배비장에게도 일렀다.

"빨리 숨으세요. 일이 공교롭게 되느라 외삼촌께서 찾아오셨어요."

"내 눈이 안 보여? 내 바지가 어디 갔어?"

멀쩡한 눈이라도 풀칠을 해서 몇 시각 동안 감고 있었으니 사물이 보일 리 만무였으며 게다가 방 안은 캄캄했다.

"아이, 바지는 찾아서 뭘 해요? 어서 불호령이 떨어지기 전에 저 궤짝 속으로 들어가요."

홍랑이 손을 잡아끄는데 과연 방 한구석에 큼지막한 옷궤가 놓여 있었다.

배비장은 급하게 서둘러 대는 바람에 물불 가릴 것 없이 궤짝 속에 발가벗은 몸을 디밀어 들어가자마자, 홍랑은 궤 뚜껑을 닫고 자물통을 '찰칵'하고 채웠다.

방문 밖에서 기다리고 있는 외삼촌이란 자는 또 볼멘소리로 물었다.

"홍랑아, 아직 멀었느냐?"

"다 되었어요."

홍랑은 황까치(나뭇개비를 얇게 잘라 한쪽 끝에 황을 묻혀 놓은 것으로 성냥과 유사하다)를 찾아 불을 댕기고 촛불에 불을 켰다. 그리고 배시시 웃으며 옷매무새를 고쳤다. 사나이와 한바탕 놀고 나니 눈자위며 입매가 촉촉이 젖어 있는 것이 더 한층 요염스러웠다.

이윽고 홍랑이 방문을 여니 외삼촌이란 자가 성큼 들어섰다.

그자는 큰 코를 벌름거리며,

"어허, 무신 퀴퀴한 냄새가 난다."

하고 재채기를 한 번 크게 한 다음 홍랑 아닌 애랑과 얼굴을 마주 보며 빙그레 웃고서 점잖은 목소리로 물었다.

"아프다더니 몸은 어떠냐?"

"덕분에 조금 몸이 나은 것 같아요."

"그러냐! 그러면 다행이로구나. 그런데 이불이 몹시 꾸깃꾸깃 어지럽고 축축이 젖어 있구나."

"몸이 허약해서 밤이면 진땀을 흘려요."

"쯔쯧! 보약이라도 먹어야겠구나."

그는 또 한 번 휘휘 방 안을 돌아보다가 벗어 놓은 배비장의 갓이며, 바지저고리를 보자 깜짝 놀란 목소리로 말했다.

"아니 절개를 지켜야 할 젊은 과부 방에 외간 남자의 의관이 웬 말이냐? 심히 고약하고 고약하도다."

궤짝 속에 숨어 있던 배비장은 이 소리를 듣고 간이 콩알만 해졌다.

"삼촌, 그게 무슨 부끄러운 말씀이에요? 남이 들으면 정말 조카가 이웃 총각이라도 방에 끌어들였다고 알게요."

"아니 그러면, 아니란 말이냐? 엄연히 놈팡이의 의관이 있는데도?"

그는 배비장이 숨어 있는 궤짝에 털썩 앉았다.

"그것은 삼촌께서도 오해하실 만해요. 그러나 사실은 그 남자 옷들이 예방이랍니다. 시어머님께서 '아가야, 네 병이 아무래도 죽은 네 낭군 탓인지도 모르니 그 육체 없는 빈 의관이나마 끼고 자면 네 답답한 병이 나을 것이다.' 했어요."

홍랑이 얼굴을 돌리며 눈물 짓는 시늉을 하니 외삼촌이란 자는 고개를 끄덕였다.

"어허, 그러하냐. 내가 잘못했다, 잘못했어! 그래 네 몸이 이젠 거뜬하냐?"

"네, 그런데 아직도 찌뿌듯한 데가 있어요."

"그럴 거다, 그럴 거다."

궤 속에 숨을 죽이고 있던 배비장은 비로소 안심할 수 있었다. 이런 상태라면, 외삼촌이란 자도 쉽사리 물러갈 것 같았다. 그런 생각을 하니 긴장이 풀리며 발가벗은 몸이 으슬으슬 추웠다. 추운 것도 추운 것이지만 좁은 궤짝에 발을 뻗지 못하고 있으니 답답 하기도 하여 몸을 움직이는데 바스락 소리가 났다. 게다가 설상가 상이라더니 참고 참았던 재채기까지 나왔다.

홍랑의 외삼촌은 깜짝 놀랐다.

"이게 무슨 소린이고?"

이윽고 외삼촌이란 자가 무릎을 치며 말했다.

"네 안색이 좋지 못하고 병마가 완전히 물러가지 않은 걸 수상 타 여겼더니 이런 요사스런 궤가 네 방에 있었구나."

홍랑은 역시 깜짝 놀라는 목소리로 말했다.

"삼촌, 요사스런 궤라니 그게 무슨 뜻입니까?"

"궤 속에서 바스락 소리가 나고 재채기 소리가 들리니 요사스럽지 않고 뭐냐?"

"아마 생쥐가 들었나 보죠."

"아니다. 분명히 괴물이 들었을 거다."

"아이고, 무서워라."

홍랑은 호들갑을 떨며 얼굴을 가렸다.

외삼촌은 부드럽게 달래는 목소리로,

"얘, 홍랑아! 이런 궤는 바다에 갖다 버려야 한다. 귀신이나 마물이 든 궤는 바다에 띄워서 고기밥을 만드는 것이 마땅하다."

하고 벌떡 궤를 잡으니 그 안에 있는 배비장은 그야말로 진퇴유곡이었다. 더구나 바다란 소리를 들으니 그 무시무시했던 파도 광경이 눈앞에 떠오르며 정신이 아찔했다.

"외삼촌, 그런 소리 마세요. 아무리 요사스런 궤짝이기로서니, 그 궤는 바로 돌아간 서방님의 유물이온데 그 정든 물건을 어찌 바다에 내버리겠어요?"

"안 된다. 더구나 그렇다면 꼭 버려야 한다. 너의 남편이 죽어서 눈을 감지 못하고 이따위 요사스런 망동을 부리고 있는데 시집 식구라면 또 몰라도 외삼촌인 내가 어찌 널 죽게 내버려 두겠느냐?"

외삼촌이란 작자는 말을 마치자마자 궤짝을 마구 굴려 그 안에 들어 있던 배비장은 궤짝 모서리에 머리와 무릎을 부딪쳐 그만 정신을 잃고 말았다.

배비장이 한참 정신을 잃었다 가까스로 깨어 보니 '어영차! 어영차' 하는 소리가 들려왔다. 배비장은 몰랐지만 지금 외삼촌과 방자가 배비장이 들어 있는 궤짝을 새끼로 단단히 결박하고 막대에 끼워서 마주 어깨에 메고 벌써 훤해진 제주 시내를 뛰어가고 있었다.

"이보게, 좀 쉬었다 갈까?"

"바다가 가까운데, 좀 더 가지."

그러면서 또 한동안 궤짝이 흔들렸다. 배비장은 흔들리는 궤짝에 다시 이마를 부딪치고 정신을 또 잃었다. 그사이 궤짝은 벌써 목사부의 담을 돌아 삼문(三門)을 지나 동헌 앞에 내려졌다. 그들은 궤를 내려놓고 사또 김 경이 일어나기를 기다렸다.

한편, 사또 김 경은 기생 애랑으로부터 배비장을 감쪽같이 궤 속에 잡아왔다는 전갈을 듣고 손뼉을 치며 웃고는 통인을 급히 불러 귓속말로 뭐라고 급히 분부했다.

잠시 후.

날이 활짝 밝아 비장들이며 아전들이 목사부에 모여들다가, 목사부 문 앞에 크게 써 붙인 방을 보고 고개를 갸우뚱하고 속삭였다.

"참 이상한 방문도 있네. 아무리 기행을 즐기는 사또님이라도 별 분부를 다 내리신다."

방문은 기발한 글귀가 주먹만 한 글씨로 쓰여 있었다.

방문(榜文)

근래 남해의 어부가 궤를 하나 그물로 건졌다.

궤는 밧줄로 결박되었으며 요사스런 귀신이 든

궤라 한다. 육방관속들은 이따위 요사스런 요물을

처단하는 사또의 판결에 입회할 것이며 또 모름지기

잡귀의 재앙이 번지지 못하도록 방법을 써라.

사또 김 경

궁금해진 육방관속들이 목사부 큰 문을 들어섰다. 동헌 앞에는 과연 검게 칠한 궤짝 하나가 밧줄로 단단히 결박되어서 방자가 육모 방망이를 들고 지키고 있었다.

"여보게 동관, 그 궤가 과연 귀신 궤짝인가?"

"그렇다네."

"방문을 읽으니 방법을 쓰라 하셨는데 자네는 그 예방을 아나?"

"알고말고."

대답을 한 방자는 태연스레 바지춤을 내리고 자기의 밑천을 꺼

내어 '쏴' 하고 궤짝에 대고 오줌을 누었다. 그러자 다른 육방관속들도 앞을 다투어 오줌을 한 번씩 누니 궤짝은 마치 소낙비를 맞은 듯, 연못에 뜬 듯, 그 퀴퀴한 지린내와 악취가 진동했다.

이윽고,

"사또님 납신다."

하는 통인 목소리에 사또 김 경이 한 손에 부채를 들고, 양쪽으로는 기생들이 겨드랑이를 부축하며 나오는데 짧은 기간에 얼마나 잘 먹고 편히 지냈는지 살이 찌고 배까지 불룩 나왔다.

육방관속들이 일제히

"소인 문안 아뢰옵니다."

하고 고개를 숙이자 그는 고개를 끄덕이고 자리에 앉았다. 이날은 사또가 귀신을 재판한다는 소문에 제주부의 남녀노소가 구름처럼 몰려나와 구경하러 모여들었다. 그리고 동헌 넓은 마루엔 꽃같이 차려입은 기생들로 빽빽이 들어찼다.

먼저 사또가 입을 열었다.

"먼저 그 궤짝을 건졌다는 어부가 아뢰어라."

"예이."

검게 얼굴이 탄 사나이가 앞에 썩 나서는데 그가 바로 홍랑의 외삼촌이라 자칭하던 자였다.

"그래, 자세히 아뢰어라."

"예, 소인은 고기를 잡아먹고 사는 무지한 백성이온데 이날은 고기도 잡히지 않아 심히 우울한 심정이었습니다. 그런데 보니 이 검은 궤짝이 둥둥 바다 위에 떠 있지 않습니까. 그래서 이게 웬 떡이냐, 금은보화가 가득히 들었겠구나, 하고 건져서 가만히 들어 보니 궤 속에서 끙끙 앓는 소리가 들리지 않겠어요. 이것은 분명히 귀신이 들었구나, 생각하고 목사부에 바치었습니다."

"알았다. 넌 수고했으니 물러가라."

사또가 말한 다음 이번엔 방자에게 명령했다.

"먼저 그 귀신이 놀라도록 몽둥이로 따끔하게 궤를 쳐라!"

"예."

방자는 육모 방방이로 힘껏 궤를 쳤다. 정신을 잃고 있었던 배비장은 그때 비로소 정신이 번쩍 났다. 어디선가 멀리 구름 밖처럼 두런두런하는 소리가 들렸다.

그는 심중에 가만히 헤아렸다.

'여기가 어디일까?'

바다 위인가. 분명히 바다에 띄운다고 한 홍랑의 외삼촌 말이 번개같이 머리를 스쳤다. 그래서 입술을 핥아 보니 찝찔한 것이 짜다 못해 썼다.

'과연 바다는 바다인 모양이다.'

배비장은 그렇게 생각하고 정신을 바짝 차려 귀를 기울였다.

사또 김 경은 다시 말했다.

"넌 그 궤가 무슨 궤라고 생각하느냐?"

"업궤(業机)라 생각되옵니다."

"업궤라니? 그 마침 잘되었다. 업궤의 신자(腎子: 고환)라. 신자(腎子)가 장질(長疾)에 좋다고 고전약서에 쓰여 있나니라. 내 장인이 장질을 앓고 있되 업궤란 걸 보지 못하여 늘 불효함을 한탄하고 있었는데 잘됐다. 그 신자를 잡아 뽑도록 해라."

"예."

배비장이 가만히 생각해 보니 자기가 지금 말만 듣던 용궁에 잡혀 온 것 같았다. 그러나 신자를 뽑아 달라니 신세가 처량했다. 하지만 모든 것은 사정을 해 보고 볼 일이다, 생각하고 있는 힘을 다 내어 궤 속에서 소리쳤다.

"여보쇼! 그 누구신지는 몰라도 내 신자를 뽑으면 난 어떻게 살란 말이요. 그 대신 다행히 내 고환이 두 개 있으니 그 하나만 갖도록 용왕님에게 전해 주구려."

그러자 방자가 두어 걸음을 뛰어 내뺐다.

"왜 그러느냐? 방자스럽다."

"사또, 업궤가 아니라 틀림없는 귀신이 들었습니다. 궤 속에서 사람 목소리가 들립니다."

"뭐, 사람 목소리가?"

사또는 깜짝 놀란 듯한 표정을 짓다가 방자에게 크게 호령했다.

"이놈아, 벌건 대낮에 이렇듯 사람이 많은데, 귀신은 무슨 귀신이란 말이냐. 어서 그 결박을 풀고 궤 뚜껑을 열어라. 정말 궤 속에 귀신이 들었다면 내 이 칼로 그놈을 두 쪽 내리라."

"사또, 그 분부만은 거두시옵소서."

"어서!"

사또는 추상같이 재촉했다.

방자는 벌벌 떨면서 궤짝 옆으로 다가섰다. 그리고 찌린내에 코를 찡그리면서 결박을 풀었다. 그런 다음 사또를 보며,

"사또, 뚜껑만은 정말 죽어도 못 열겠사옵니다."

하고 사정을 했다.

배비장은 궤 속에 들어 있기 때문에 밖에서 두런두런거리는 소리가 무슨 소린지 잘 분간치 못하고 있었다.

"이놈아, 어서 잔말 말고 열어라!"

방자는 별수 없다는 듯이 궤짝으로 다가가며 자물통을 방망이로 부수고 궤짝 문을 열었다.

"무엇이 나올 것인가? 귀신이냐 괴물이냐!"

사람들은 모두 궁금해하며 두 눈을 크게 뜨고 궤짝을 처다보았다.

궤짝 문을 연 방자가 그 순간 털썩 엉덩방아를 찧으며 뒤로 벌렁 자빠졌다.

"왜? 왜 그러느냐?"

사또는 다급하게 묻는다.

"바, 발가숭이가 들었습니다."

"뭐, 발가숭이가! 계집이냐, 사내냐?"

그제야 배비장은 수백 년 만에 처음 듣는 것 같은 사람 목소리에 정신이 들었지만 아직 눈이 핑핑 돌아서 뭐가 뭔지 잘 보이질 않아 비틀비틀 일어서는데, 그 순간 사방에서 노도와 같은 폭소가 들렸다.

보라! 저 모습을!

일찍이 이처럼 꼴불견인 광경이 또 있을 것인가.

방자는 또 한 번 자지러지도록 놀란 소리를 냈다.

"애고, 이게 배비장님이 아니십니까?"

배비장은 눈부신 햇빛을 손으로 더듬어 막고 돌아다보았다.

"그러고 보니 넌 방자…… 이게, 도대체 어떻게 된 일이냐?"

"나으리 말씀 마셔요. 이게 무슨 꼴불견이란 말입니까?"

방자는 발가벗은 배비장을 얼싸안고 엉엉 울었다. 또 천둥 같은 웃음소리가 진동했다.

배비장이 눈을 질끈 감았다가 다시 뜨고 보니, 배를 잡고 웃는 기생과 비장들, 그리고 하찮은 군노 사령에 이르기까지 모두 입을 삐쭉거리며 웃고 있지 않은가. 더더구나 쥐구멍이라도 있으면 들

어가고 싶은 심정은 사또 김 경이 배를 두들기며 웃는 모습이었다,

"누군가 했더니 배비장이 아니냐? 하마터면 한양 양반 한 사람 고기밥을 만들 뻔하였구나."

"그런데 자네의 모습은 무슨 꼴인가? 어디서 노상강도를 만났나, 아니면 어떤 발칙한 놈의 봉변을 만나 그 꼴을 당했는가?"

배비장은 뭐라 변명하고 싶어도 혀가 잘 안 돌아갔다. 하지만 사또가 계집 때문에 그렇게 되었느냐 묻지 않는 것만으로도 다행스럽게 생각했다.

"사또 굽어살피어 줍소서. 저도 모르게 귀신에 홀리어 이 꼴이 되었습니다."

"그럴 거다, 그럴 거다!"

사또는 몇 번 고개를 끄덕이면서,

"이놈들! 한양 양반이 곤욕을 당하고 있는데 웃고들 만 있느냐? 누가 냉큼 배비장에게 앞을 가릴 옷을 가져다주어라."

하고 호령하니 옆에 앉았던 애랑이,

"네."

하고 사뿐히 일어서더니 동헌 아래로 뛰어 내려가 둘렀던 치마를 벗어서 배비장의 아랫도리에 둘러 주었다.

'요년이 제 동생 때문에 이런 봉변을 당한 걸 아는구나!'

배비장은 이렇게 생각하고 치맛바람으로 도망치듯 동헌을 빠

져나왔다. 그 뒤를 쫓아서 커다란 폭소 소리가 한동안 그칠 줄을 몰랐다.

4. 끝까지 골탕, 또 골탕

햇볕이 따뜻한 날, 뒤뜰에 있는 은행나무에 새들이 모여 앉아 시끄럽게 지저귀고 있었다.

제주 목사부 수많은 동료, 백성들 앞에서 말할 수 없는 창피를 당한 배비장은 그날부터 이불을 쓰고 누웠다. 홍랑 아니 애랑을 상사(想思)했을 땐 끙끙 소리가 나왔는데 지금은 그 소리마저 '오드득'하고 이 가는 소리 때문에 들리지 않을 정도였다.

"어떻게 이 원수를 갚을꼬?"

배비장은 제 할 노릇은 생각지 못하고 엉뚱하게 자기를 골려 준 사또만 원망했다.

"어떻게 이 원수를 갚을꼬. 사또도 무정도 하지. 같은 한양 사람으로 그런 망신을 줄 수 있단 말이냐?"

정겹게 지저귀던 새소리가 시끄럽기만 하다. 한집에서 사는 방자는 관아에 나가고 집엔 배비장 혼자 남아 있었다. 이렇게 배비장은 한참을 누워 있었더니 골치가 더 지끈지끈하게 아파 왔다. 억울함과 분함이 머릿속으로 뻗친 모양이었다.

배비장은 죽을병이 든 환자처럼 힘겹게 몸을 일으켜 바깥바람이라도 쐬려고 영창문을 열고 멍하니 먼 하늘을 바라보다가, 다시 영창문을 닫고 자리에 가 누워 '응응' 신음 소리를 냈다. 저쪽에서 김막동이가 오는 모습이 보였기 때문이었다.

형방 비장인 김막동. 한양에 있을 땐 같이 술도 먹으러 다니고 다정했던 사이, 그는 배비장처럼 실수도 없고 소문에 듣기엔 제주부 기생 하나를 손아귀에 넣고 기둥서방 노릇까지 한다고 했다.

"배비장, 안에 있나?"

"누구야?"

"막동일세. 자네 친구 막동이가 왔네."

배비장은 시치미를 떼고,

"막동이? 돌아가시오. 난 친구도 없고 버린 사람이니까. 그저 이렇게 끙끙 앓다가 죽어야지 아이고, 아이고~"

"친구가 모처럼 왔는데 그게 무슨 섭섭한 말인가?"

김비장은 벌써 신발을 벗고 방 안에 들어섰으나 배비장은 김비장의 꼬락서니도 보기 싫다는 듯이 얼른 이불을 뒤집어썼다.

"가게, 난 차라리 죽어 버릴 테니."

"자네의 원통한 심정을 어찌 친구인 내가 모르겠나? 오늘은 그 일 때문에 자네와 급히 상의하러 왔네."

"상의?"

그제야 배비장은 이불깃에서 얼굴을 조금 내밀었다.

"또 무슨 봉변을 주려고 하는가?"

김비장은 털썩 주저앉으며 쌈지를 꺼내어 대곰방대에 담배를 눌러 담았다. 그가 좀체 물러날 것 같지 않자 배비장도 마지못해 일어나 앉아 퉁명스럽게 물었다.

"상의할 게 있다는 게 뭔가? 자네가 내 대신 원수라도 갚아 주려나?"

"바로 그걸세. 자네가 워낙 혼도 났겠지만 사나이가 그런 일쯤으로 순순히 물러나서야 쓰겠나? 나 같으면 가만히 안 있겠네."

"무슨 소린가? 난 자네의 말을 통 모르겠네."

"허어, 그래서 자네는 반건달 껍데기 비장이라는 거야."

"뭐, 반건달에 껍데기 비장?"

반건달 소리는 애초에 김막동으로부터 자주 듣던 소리였으나 껍데기 비장이라고 놀림을 당하니 분한 마음이 들었다.

"그렇지. 세상에서 자네를 어떻게 비웃고 있는 줄 아나? 사람 모양은 한양 사람같이 생겼는데 아둔하고 멍청하다고 하네. 글쎄

애랑이란 기생년을 홍랑이란 과부로 알고 그런 봉변을 당한 것이
등신만 남은 껍데기 비장이 아니고 뭣이냐고?"

"으휴……."

김비장은 배비장의 화를 잔뜩 돋우어 주고 능글맞게 다시 말을
이었다.

"알고 보면 이 모두가 사또와 애랑이년의 농간일세. 그대로 물
러앉아서 끙끙 앓을 게 아니라 원수를 갚게, 원수를!"

"어떻게?"

"이번 기회에 자네가 애랑이를 끌어안게."

"뭐라고? 애랑이를?"

애랑이란 소리만 들어도 간이 뒤집힐 지경이었지만 애랑이를
끌어안다니 배비장은 갑자기 귀가 솔깃해지지 않을 수 없었다.

"그래? 무슨 좋은 수가 있나?"

김비장이 배비장의 귀에 대고 속삭이는데, 간추려 말한다면 사
또를 놀라게 하고 골려 주자는 것이었다.

"애랑이란 년의 소위가 괘씸하지만 그년의 몸이 기막히다면서?
자네는 사또를 속이고 그 틈에 그년을 실컷 끼고 놀란 말이야."

배비장 역시 그렇게 하고 싶은 맘이 굴뚝같았다.

지금껏 그의 육체 어느 구석엔가 홍랑 아닌 애랑의 그 짜릿짜
릿한 감촉이 남아 있었다. 김막동이 배비장 옆에 바싹 다가앉으며
쑤근쑤근 한참 무엇인가 속삭이더니, 배비장의 침울했던 얼굴엔

어느 사이 붉은 혈기가 돌았다.

김막동이 다녀간 날로부터 며칠 후였다.

제주 목사부 동헌에 딸린 깊숙한 내방, 사또 김 경은 애랑의 보드라운 무릎에 고개를 베고 애랑이 읽는 얘기책 소리에 귀를 기울이고 있었다.

얘기는 가루지기 타령으로, 내용이 음탕하고 노골적이어서 일반인이 볼 수 없는 것이었으나 권세가인 사또의 애완물이자, 성희 도구(性戱道具)인 기생들이 몰래 읽는 얘기책이었다.

"평안도에 한 계집이 살고 있었다. 앵두 같은 입에 고양이 같은 눈, 허리는 버들같이 가늘었다."

"흠, 그래서."

"헌데 이 계집 팔자 사나워서 열다섯에 얻은 서방은 첫날밤에 잠자리의 급상병(急傷病)으로 죽었고, 다음에 얻은 서방도 등창에 죽었구나. 또 다음에 얻은 서방은 수족이 떨려 죽고, 또 다음에 얻은 서방은 벼락에 맞아 죽었네. 이렇게 서방만 잡아먹으니 동네 사람들이 들고 일어나 이년을 그냥 두었다가는 우리 고을에 씨가 말라 여인국이 될 테니 쫓아내자 쫓아내, 하고 쫓아냈다."

"허, 그 얘기 참 재미있구나."

김 경은 계집의 허리를 만지며 다음을 재촉하니, 애랑도 신이 나서 대충대충 날리며 읽기 시작했다. 내방 밖은 따뜻한 봄볕이 포근하게 내리쪼이고 바닷바람에 소나무가 흔들리며 소리를 내고 있었다.

"계집이 청석관을 지나는데 산골짜기에서 험상궂게 생긴 놈이 툭 튀어나오는데 이놈은 변강쇠란 놈으로서 천하에 이름난 잡놈이다. 그는 계집을 보자 대뜸, '여보 혼자서 가는 여인네, 이런 산골에서 혼자 가기가 무섭지 않소?' 하니까 계집이 하는 말이 걸작이다. '저는 상부(喪夫: 남편이 죽음)하고 삼남(三南)으로 가는 아낙으로 무서운 게 없소.' 이러니 연놈이 금시에 가합해서……."

"흠, 점입가경이로군."

애랑은 나긋나긋한 손길을 놀려 처진 머리를 끌어올리며 읽던 글을 멈추고 말했다.

"그렇게 누워 계시지만 말고 담배라도 태우세요."

애랑이는 담배를 대통에 담고 불을 붙여 몇 모금 뺀 다음 사또 입에 물려주었다.

"입맛이 깔깔해서 담배 맛도 없다."

그러나 아양을 떠는 애랑 앞에서 사또 김 경의 몸은 다시 뼈 없는 동물처럼 흐늘거렸고 그 옆에 애랑이가 쓰러졌다.

그때, '에헴, 에헴' 하고 문 밖에서 인기척이 났지만 이미 한 덩어리가 된 사또와 애랑은 미처 그 소릴 듣지 못했다.

"사또, 소인 문안드립니다."

밖에서 온 사람이 큰 소리로 외쳤다.

"누, 누구냐!"

"이방 비장이옵니다."

"이방 비장이 웬일이냐?"

"예, 사또께서 결재할 공문이 잔뜩 밀려 있습니다."

"그런 것을 일일이 사또가 손을 써야 하나? 네가 알아서 해라."

이방 비장이 물러가니 사또 김 경은 입맛을 다시고 다시 애랑의 저고리를 벗기기 시작했다. 노랑 저고리를 벗기자 남치마에 눈같이 흰 치마허리가 젖가슴을 단단히 동여매고 있었다. 사또는 그 봉긋한 유방을 치마 허리 위에서 만져 보다가 다시 치마 허리끈을 풀려고 더듬었다.

그런데 또 밖에서 인기척이 났다.

"사또 문안 아뢰오."

"누, 누구냐?"

"공방 비장이옵니다. 길 부역에 나온 사람들을 어쩌라 하옵신지요?"

"그런 건 이방과 상의해서 할 일이 아닌가?"

드디어 사또는 버럭 성을 냈다.

"예이, 그러면 사또 분부대로 그리하겠습니다."

공방 비장이 물러가자 사또는 불 맞은 산돼지 모양 씩씩대며 애랑의 치마 허리끈을 풀었다. 그 속엔 눈같이 흰 속치마와 그 속에 감추어진 뽀얀 속살이 내비쳤다. 밝은 대낮에 애랑의 속살을 보니 황홀해서 사또는 정신까지 아득해졌다.

그런데 그놈의 인기척이 또 났다.

"형방 비장 문안드리오."

"형방 비장은 무슨 일이냐?"

"저기, 옥에 갇힌 죄인 말입니다."

"그래 죄인이 어쨌다는 거냐?"

"어린애를 뺏으려던 엉큼한 양가의 계집년이 실성해서 횡설수설 사뭇 지랄발광하옵니다."

"그래 나더러 어쩌란 말이냐?"

"아뢰옵기 황송합니다만 사또를 찾고 있는데 사또가 지아비라고 합니다."

"뭐, 뭣이?"

사또의 눈앞에는 거의 발가벗은 몸으로 누워 있는 애랑이 마치 꽃밭의 한 송이 꽃처럼 꺾이기만 기다리는데 그런 미친년이 자기를 찾고 있다니 괘씸하기 짝이 없었다.

"에이 고약한 것. 그년을 흠씬 쳐라."

"어딜 말씀입니까?"

"볼기를 말이다."

사또는 엉겁결에 애랑의 볼기짝을 때렸다.

"알았사옵니다. 지금 그 소리처럼 철썩철썩 치겠습니다."

오늘따라 눈치 없는 비장들이 연방 찾아와서 사또의 애를 지글지글 끓게 했다. 그런데다 난데없이 볼기를 얻어맞은 애랑이 잔뜩 토라져서, 사또 김 경은 애랑을 달래는 데 또 한바탕 진땀을 빼야만 했다.

그래서 한참 주물러서 달랜 끝에 겨우 애랑의 속치마를 벗기는데 또 인기척이 났다. 이번엔 사또가 밖의 사람이 말하기 전에 소리를 꽥 질렀다.

"어떤 놈이냐?"

"배비장이옵니다."

"배비장?"

"예."

"그래, 넌 예방 비장으로서 무슨 일이냐?"

"실은 마님의 심부름으로 소인이 왔사옵니다."

"뭐, 부인이?"

사또의 아내 박씨 부인은 이미 김막동이 보낸 편지를 받고 제주에 내려와 있었다. 김막동은 사또 김 경이 낯선 제주의 음식과 풍토에 중병이 들어 목숨이 조석 간에 있다 거짓 편지를 띄웠고 박씨 부인이 부리나케 내려와 작은 소동을 치른 뒤였다.

이 모든 소행이 김막동의 농간임을 알고 사또 김 경이 펄쩍 뛰었으나 어질고 영특한 박씨 부인의 처신으로 모든 일이 잘 수습된 터였다. 그런데 다시 부인의 심부름이라니, 사또 김 경은 가슴이 덜컹했다.

"예! 마님께서 분부하시길, 넌 급히 가서 사또께 이 말을 여쭈어라, 하고 소인에게 향과 종이쪽지 한 장을 주시었습니다."

"향과 종이쪽지라?"

"예, 그러하옵니다."

사또는 한참 고개를 갸웃거리다가 가까스로 마음을 진정했다.

"그러면 그 종이쪽지와 향을 문구멍으로 들여보내라."

배비장이 손가락에 침을 발라 문창호지를 뚫고 종이쪽지를 들이미니 사또는 개처럼 엉금엉금 기어가서 그걸 받아들었고서는, 다시 엉금엉금 기어와서 그 종이쪽지를 폈다.

사또 김 경의 눈이 금세 동그래졌다.

"이것은 축문(祝文)이 아니냐?"

"예, 사또님의 외조부 되시는 분께서 굶주리시다 못해 돌아가셨다 합니다."

"……."

"그래서 부인께서 말씀하시길 사또가 설사 꽃밭 속에서 주야장

취(晝夜長醉: 밤낮으로 취해 있음)하시고 신선놀이를 하이더래도 이 축문만은 꼭 읽으시고 향불을 사르라 하셨습니다.”

그러자 별안간 사또 김 경이 ‘어이고, 어이고’ 하고 통곡을 터뜨렸다.

“내 불효자로다. 내 배불리 먹고 뱃가죽이 기름져 기생의 매끄러운 배 위에서 논다만 외조부 돌아가셨단 말이 웬 말인고? 아이고, 분하고 원통하도다. 내 조금만 효도를 했던들 우리 외조부 굶어 돌아가실 리 있겠느냐?”

이어서 사또는 향불을 사른 다음 축문을 읽기 시작했다.

유세차 모년 모월모시

불효자 모는 감소고우 하나이다.

현고 학생 부군 모인.

공복아사(空腹餓死), 천지무심(天地無心).

불승영모(不勝永慕), 복상감읍(腹上感泣),

막역천도(幕逆天道), 영영불망(永永不忘),

상향(尙饗)

어쩌고저쩌고 하며 또 한바탕 통곡을 하고 애랑에게 말했다.

“얘, 애랑아 ! 제문 읽었으니 제주 올려야겠다.”

그러자 애랑이 얼굴을 가라고 말했다.

"제주는 없고 사또님 곁에 냉수 한 대접이 있사와요."

"냉수도 좋다. 냉수는 청주(淸酒)인즉 올려도 상관없다."

사또는 냉수 한 대접을 들어 공중에 대고 '휘휘휘' 두르고 삼배(三拜)를 하고 나서 사방을 두리번거렸다.

그때 시종 문구멍으로 안을 기웃거리던 배비장이 방 안으로 성큼 들어섰다.

발가벗은 사또와 애랑은 안절부절못했다.

"이놈아, 넌 남의 제사 지내는데 뭣 하러 들어왔느냐?"

그러나 배비장은 천연덕스럽게,

"음복하러 들어왔나이다."

하고 대답했다.

"뭐, 음복? 이놈아 내가 사방을 둘러본 것은 퇴주 그릇이 있나 본 것이지. 네놈 음복하라고 두리번거렸단 말이냐?"

"퇴주 그릇은 소인의 입이옵지요."

배비장은 사또 손에 들린 물 대접을 빼앗아 벌컥벌컥 들이마셨다.

그리고 바지 괴춤을 엉거주춤 내리면서 얼굴을 가리고 가만히 누워 있는 애랑 쪽으로 가서는 잠자코 그 배 위에 한 발을 올려놓으며 누웠다.

사또 김 경의 눈에서 불꽃이 튀었다.

"이놈아 음복을 했으면 했지, 계집은 또 무슨 계집이냐?"

"사또님은 딱도 하십니다. 음복을 했으면 안주를 먹어야죠."

"네놈이 환장을 했느냐. 상전과 하인의 구별이 있고 양반과 상놈의 법도가 엄연한데 네 놈이 먼저 한 젓가락 집어 먹겠단 말이냐?"

"사또, 이것이 다 사또를 위한 길이옵니다. 사또는 상제의 몸, 여색을 어찌 가까이하시렵니까? 만일 여색을 가까이하면 사또는 예법에 어그러지고, 백성을 다스리는 목민관으로서 당할 말씀입니까?"

"뭐라구, 이놈아?"

그러는 동안에도 배비장은 벌써 허겁지겁 물에 빠진 사람처럼, 불길 속에 뛰어드는 미치광이처럼, 밭을 가는 황소처럼, 선불 맞은 산돼지 모양, 애랑의 유방이며 허리며 배를 짓대기면서 행사에 돌입했다.

어느덧 배비장이 사또 김 경을 따라 제주로 온 지 삼 년이 되었다. 벌써 과만(瓜滿)이 되어 한양으로 돌아갈 날도 머지않았다.

그동안 배비장은 그렇게 소원하던 기생 애랑을 그의 애첩으로 삼아 한양에 있는 본마누라는 한양댁이요, 애랑은 기생첩이라고 불렀다. 칭호야 어찌 되었건 배비장은 그야말로 꽃동산에서 노는 나비요, 꽃밭 속에 묻혀 사는 상팔자였다.

이날도 배비장은 애랑의 무릎에 고개를 베고 누웠다. 애랑은 보드라운 손을 나긋나긋 움직이며 배비장의 새치를 뽑고 있었다.

"여보, 당신도 이제는 늙는구려."

애랑이 손길을 멈추고 방긋이 웃으며 배비장을 내려다보았다.

"음, 난 늙었지만 당신은 더욱 예뻐졌구려."

배비장은 그렇게 칭찬하고 애랑의 얼굴을 찬찬히 쳐다보았다.

"어머나, 서방님도."

애랑은 입을 가리고 웃으며 몸을 꼬았다. 배비장은 팔을 뻗어 애랑의 목을 감아 끌어당기더니 그 웃는 입을 '쪽'하고 맞추었다. 사실 애랑은 요즘 더욱 예뻐져서 피부에 윤기가 번들번들 흘렀으며, 가냘픈 눈가는 항상 촉촉이 젖어 있어 사나이를 그리는 교태의 정이 함빡 실려 있었다.

"여보."

"왜요?"

"꿈만 같구려."

"무슨 일인데요?"

"이렇게 당신을 끌어안고 있으니."

"어머, 또 그 소리 하시네요. 전 당신의 아내가 되어 이처럼 주야로 모시고 있잖아요."

"그야 물론 그렇지."

"그런데요?"

"당신이 정말 날 사랑해 주는 건가?"

"호호호. 호호홋."

애랑은 간드러지게 웃으며 젖을 꺼내 배비장의 입에 대어 주었다.

"자, 많이 먹으렴. 아가, 착하지!"

배비장은 허겁지겁 그 젖꼭지를 '쭉쭉' 소리가 나도록 빨았다.

"여보."

"왜 그래?"

"서방님께선 어쩌면 그렇게 못나셨어요?"

"내가 못났다니 그게 무슨 말인가?"

배비장은 여인의 몸을 애무하던 손을 멈추고 눈을 둥그렇게 뜨고 쳐다봤다.

"못나셨지 뭐예요. 처음엔 그렇게 제 손목 하나 못 잡던 주제였잖아요?"

"아, 그거 말인가? 그야 여자를 정말 죽도록 사랑해서 그랬던 거야. 사랑할수록 어려워지고 소중해지는 그런 심정 있지 않소?"

배비장이 어색한 듯이 히죽 웃으니 덩달아 애랑도 따라 웃었다.

"그런데 서방님?"

애랑이 사뭇 코 먹은 소리를 하여 배비장의 간장은 녹아나고 있었다.

"왜?"

"서방님이 이번에 한양 가시면 뭘 주시겠어요?"

그 말에 배비장은 깜짝 놀라 벌떡 일어나 앉고 말았다.

"임자는 한양으로 안 가겠소?"

"아이, 저 같은 거야 한양 가면 뭣하겠어요? 고기도 놀던 물이 좋고, 사람이란 역시 낳아서 자라난 고장이 좋아요."

"그야 그렇지만……."

배비장은 입맛을 쩍쩍 다셨다. 애랑은 그의 애첩이 되어 백년가약이나 한 것처럼 오순도순 살지 않았는가. 이제 와서 못 가겠다니 그게 말이 되나 말이다.

"한양 가면 임자를 누가 괄시하나? 또 우리 마누라가 사람 속이 넓어서 자네를 '아우님, 아우님!' 하고 위해 줄 걸세."

"그렇지만……."

애랑은 무슨 생각을 하는지 눈가에 수심을 가득 담고 턱을 짚는다. 그리고 배비장의 머리를 가만히 보료 위에 내려놓더니 조용히 물러앉아 벽에 걸린 거문고를 떼어 은어 같은 손을 놀려 '뚱뚱, 뚱기당 뚱땅 뚱기당' 하고 줄을 튕겼다. 그러니 그 맑은 거문고 소리가 배비장의 마음을 덧없이 처량케 만들어 애랑의 심정을 알 수 있을 것 같았다.

대대로 기녀 집에서 태어나 수청 기생이 된 그녀, 이제 비장을 서방으로 맞아 살고 있지만 본마누라와 부실(副室)의 차이는 엄연했다. 또 만일 자식을 낳아도 한양댁 본실 몸에서 난 자식은 도련님이요, 애랑 몸에서 난 아들은 그냥 장쇠, 돌쇠다. 아마도 애랑은 그런 생각을 하고 처량해져서 한양에 가고 싶어 하지 않는 것일 게다.

배비장은 그런 생각을 하니 불현듯 애랑이 측은해졌다. 벌떡 일어나서 애랑의 뒤로 돌아가 그녀의 가는 허리를 안으며,

"알고 있소, 알고 있소 임자의 마음을……."

하고 얼굴을 애랑의 얼굴에 썩썩 비벼 댔다.

애랑은 눈물을 뚝뚝 떨어뜨리면서 거문고를 무릎 위에 내려놓더니 허리에 감긴 배비장의 팔을 가만히 풀어 놓았다.

"서방님, 서방님과 제가 한양에 간다면 청이 있사와요."

"뭔가? 뭣이든지 사양 말고 말하구려."

"다름이 아니오라 천첩이 이제까지 근근이 모은 패물과 세간을 모두 가지고 가야만 하겠어요."

"그야 이르다 말인가? 임자의 것은 곧 내 것. 임자 것을 두고 가다니 될 말인가?"

배비장은 입이 귀밑까지 찢어지면서 좋아했다. 애랑은 그런 배비장의 모양을 거들떠보지 않고 또 그 새빨간 주순(빨간 입술)을 놀리며 말했다.

"또 제 몸에서 만약 애를 낳으면 서방님의 귀하신 도련님처럼 족보에 올려놓으셔야 합니다."

"글쎄, 그건 좀."

배비장은 난처한 빛을 띠었다.

"그야 자식은 다 귀여운 한 핏줄인데 아비의 마음만 변함없다면 상관없잖은가?"

배비장이 난처한 얼굴을 짓는 것도 무리가 아니었다. 적자(嫡子)와 서자(庶子)의 차별은 맘대로 할 수 없는 노릇인데 애랑이 그런 부탁을 하니 가슴이 미어지는 것 같았다.

그 말을 듣자 애랑의 태도가 싹 토라져서 무릎 밑에 내려놓은 거문고를 다시 의미 없이 치기 시작했다.

"뚱뚱 뚱땅, 뚱기둥, 뚱땅."

그러면서 애랑은 구슬 같은 눈물까지 떨어뜨리니 배비장은 깜짝 놀라 애랑의 손목을 얼른 잡았다.

"여보, 울지 마오. 내 족보에 꼭 올리리다."

"거짓말하시는 건 아니시겠죠?"

"대장부의 한마디 어김이 있겠소?"

"그럼 쇠뿔도 단김에 뽑는다고 족보에 즉시 올리사와요."

"참 급하기도 하다. 낳지도 않은 애를 가지고 그리고 족보에 올리려면 문중회에 알려야 하질 않나?"

"문중회에 꼭 알려야만 되나요? 한 장 써 주시면 될 텐데."

애랑은 언제 준비했는지 반다지 속에서 상질(上質) 전주지(全州

紙)에 붓과 벼루를 갖다 놓았다. 배비장은 큰일 났다 싶어졌다. 얼버무려서 우물쭈물하려고 했는데, 애랑은 먼저 선수를 쳐서 종이와 벼루까지 갖다 놓는 게 아닌가.

"어서 쓰세요. 쓰시고 사또님의 압인(押印)만 받으시면 되지요."

배비장은 애랑이 이렇게 말하자 결국 변명할 말이 없어졌다. 그러나 사또 김 경의 압인까지 받고 적자(嫡子: 정실이 낳은 아들)라는 증명(허위 증명)을 받으려면 돈 몇 백냥은 또 달아나는 게 뻔했다. 그러나 애랑이 수천 냥 재산을 몽땅 처분해 가지고 한양까지 쫓아온다면 그것도 가히 손해될 게 없겠기에 고개를 끄덕이자, 애랑은 반색을 하며 좋아했다.

"서방님."

"왜, 또 부탁이 있소?"

배비장은 애랑이 또 무슨 난처한 청을 할까 싶어 덜컥 겁이 났다.

"아이 서방님도, 호호호."

"어서 말해 보구려. 설마 정비장처럼 껍데기를 벗기고 앞니를 뽑아 달라는 것은 아니겠지."

"호호호, 서방님도."

그러면서 애랑은 장난스런 눈빛으로 배비장을 쳐다보았다.

"왜 겁나세요?"

"겁나긴, 그렇지만 그 사나이는 정말 바보였어."

애랑은 한바탕 허리를 잡고 웃더니 배비장 품 안으로 몸을 슬쩍 기대었다.

"서방님, 정말 저는 복에 겨운 계집이와요. 저를 위해서 이토록 해 주시는 걸 생각하면 기쁜 나머지 눈물이 나올 정도예요."

배비장은 완전히 꿀단지 속에 빠진 생쥐 꼴이어서 계집이 죽으라면 죽는 시늉도 할 판이었다.

"어서 말해. 뭣인데?"

"이 말을 할까 말까? 호호호."

"……?"

"다름이 아니라 제 몸에 애가 들었나 봐요."

"뭐어, 애가?"

"네."

"오라, 그래서 미리 서자로 구박받을까 겁나 증명서를 받아 두려고 했구나."

배비장은 몇 번이나 고개를 끄덕였다. 그까짓 것 장차 일은 장차 일이고 그런 골치 아픈 일은 그때 가서 또 우물쭈물하면 될 것이라고 생각했다. 배비장의 속셈은 애랑을 고향 사람들에게 보란 듯이 데려가는 것이고 또 기생 애랑이 갖고 있는 수천 냥의 돈을 몽땅 거둬들이면 그만이었다.

그런데 애랑은 이런 배비장의 엉큼한 심보를 아는지 모르는지, 양미간에 잔뜩 내천 자를 그리고 입매엔 미소까지 지었다.

"아이 배가 아파요. 아마도 뱃속에 쌍둥이가 들었나 봐요. 동쪽 가슴에 머리를 받고 서쪽 갈비뼈에 발버둥을 치는 게 꼭 서방님처럼 씩씩한 사내애들 같애요."

"뭐, 쌍둥이가 들어?"

"그런가 봐요. 그런데 서방님, 아이를 낳으면 이름을 뭐라고 지을까요?"

"아까 종이쪽에 쓴 것처럼 장쇠, 돌쇠라고 하지."

"그럼 이름은 그렇게 짓겠어요. 그런데 그 옆에 몇 자 적으세요. 아들이면 일 년에 백 냥씩, 딸이면 오십 냥씩 양육비로 준다고요."

"그런 걸 쓰면 뭣해? 어차피 한양 본댁에 가면 젖어멈에게 내주어 기를 텐데."

"아이, 그래도 만사 불여튼튼이라고 몇 자 적는 게 좋지 않아요?"

그래서 배비장은 또다시 애랑이 갖고 올 수천 금에 눈이 어두워 애랑이 청하는 대로 써 주고 말았다. 애랑은 배비장이 쓴 것을 두 번 세 번 읽고서 차곡차곡 접어 반다지 속에 집어넣고는,

"여보!"

하고 배비장의 목을 감아 몸을 뱀처럼 꿈틀거렸다. 배비장은 좋아서 애랑의 몸을 꼬옥 끌어안았다.

사흘이 지났다.

제주 화북진엔 떠나가는 사또와 이를 보내는 제주부의 육방 관

속과 기생들이 작별을 아쉬워하고 있었다. 생각한다면 제주에서 보낸 삼 년은 한양으로 올라가는 구사또 김 경을 비롯하여 각 비장에겐 흐뭇한 시간이었다. 더구나 배비장의 감개는 무엇으로 다 말하랴.

양태, 해산물, 말총, 그리고 귀물 보화들.

제주 삼 년의 생활 덕택에 모두들 한밑천 톡톡히 잡았다.

"배비장, 자네도 몹시 기쁜가 보군. 무슨 좋은 일 있나?"

사또가 싱글거리는 배비장에게 한마디 했다.

"예, 아뢰옵기 황송하오나 저는 기쁘기 이를 데 없습니다. 우선 선녀와 같은 애랑을 첩으로 한양에 데리고 가니까요."

"음, 그렇구나, 어저께 송별 연석상에서 애랑의 배를 보니 몹시 부르더군."

"쌍둥이가 배에 들었다 합니다."

"허, 그것은 기쁜 일이로다."

사또와 배비장의 대화는 은근했다. 사또도 돈을 벌었으니 성미가 관대해졌나 보다.

"배비장 나으리, 본댁에 가는 짐바리요."

군노들은 여러 개의 묵직한 궤짝을 땀을 뻘뻘 흘리고 배에 실기 시작했다. 애랑이 보냈다는 궤짝 세 개도 있었다.

"음, 게 실어라. 그런데 애랑 아씨는 아직도 멀었느냐?"

"방금 세수하고 손 씻고 머리 빗고 얼굴 매만지고 한창 화장에 바쁩니다.”

“음, 그러냐? 빨리 가서 기다린다고 전해라.”

배비장은 군노들을 서둘러 돌려보냈다.

그러나 배가 떠날 시각이 바득바득 다가오는데 애랑이 탄 가마는 좀처럼 나타나지 않았다. 배비장은 애가 타서 입술이 까맣게 타들어 갔다.

“배비장, 아직도 멀었느냐?”

“저 아직 애랑이 오질 않았습니다.”

사또 김 경의 물음에 배비장이 궁색한 변명을 했다.

“벌써 오시(午時)가 지났다.”

그러고 있는데 도사공이 옆에서 말했다.

“빨리 떠나지 아니하면 중간에서 밤을 맞습니다. 밤엔 바다 물길이 사나우니 빨리 떠나십시오.”

그때쯤 해서, 제주부 군노로 있는 뚝쇠가 헐레벌떡 뛰어왔다.

“배비장 나으리, 배비장 나으리!”

“배비장은 여기 있다 무슨 일이냐?”

배비장은 배 난간에서 목을 길게 빼고 다급하게 물었다.

“경사 났습니다. 경사 났습니다!”

“경사는 무슨 경사냐?”

"방금 애랑 아가씨께서 호박 같은, 아니 달덩이 같은 쌍둥이 아들을 낳았습니다."

"뭐 아들?"

배비장이 얼떨떨하고 있는데 옆에 있던 사또 김 경이 고개를 끄덕였다.

"과연 배비장은 행운아로다. 산모는 뱃길이 사나우니 다음 선편에 오도록 하고 어서 배 닻을 감아라."

이래서 일성포항에 닻은 감기고 대신 돛대가 바람에 잔뜩 부풀려 배는 서서히 뭍을 떠나갔다.

배 띄워라 배 띄워라

만경창파에 배 띄워라

아, 언제 다시 볼 것인가! 제주도 땅, 한라산!

인심 좋고 계집 많은 색향 제주부를 또 죽기 전에 볼 것인가!

모든 사람들이 감개에 젖어 있는데 배비장도 기생 애랑이와 함께 떠나지 못해 섭섭하긴 했지만 그녀의 재산인 모든 귀물을 배 위에 실었으니 마음이 흐뭇했다.

그러고 있는데,

"나으리 나으리."

하고 부르는 소리가 또 들려와서 고개를 돌려보니 애를 순산
했다는 애랑과 방자였다.

"서방님, 서방님 잘 가시와요!"

"저건 애랑이가 아닌가?"

"가시더라고 약속대로 돈은 꼬박꼬박 부쳐 주세요. 전 이제 기
생질 그만두고 방자와 살림 차릴랍니다."

배비장은 바람에 찢기는 그 소리를 듣자 피가 일시에 거꾸로
흐르는 것만 같았다. 그제야 속았다는 느낌이 들었던 것이다. 그
러나 한번 떠난 배를 다시 돌이킬 수는 없었다. 배비장은 화가 상
투 끝까지 치밀어 애랑이 갖다 실은 궤짝으로 달려갔다.

첫째 궤를 여니 그 속엔 돌이 가득 들어 있었고, 둘째 궤엔 무수
한 상투들이, 셋째 궤엔 수북이 앞 이빨이었다. 모든 비장들이 그
광경을 보고 폭소를 터뜨렸다.

배 띄워라 배 띄워라

만경창파에 배 띄워라

어기어차 어기어차

그러는 동안에도 배는 자꾸 제주 섬을 뒤로 두고 무정하니 멀
어져 갔다.

2부

황진이

1. 죽은 후의 영광(榮光)

청초 우거진 곳에 자는가 누웠는가.

홍안을 어디 두고 백골만 묻혔는가.

잔 들어 권할 이 없으니 그를 설어하노라.

천하의 호걸 남아 백호(白湖) 임제(林悌)가 평안 도사로 부임하는
길에 송도를 지나다가 황진이를 찾았으나 개성 사람들의,

"벌써 돌아가셨는걸요!"

하는 소리에, 마치 실신한 사람처럼 제문(祭文)과 제물(祭物)을
갖추어 노방에 묻힌 진이의 무덤을 찾아, 유연히 솟는 가슴속의
한 구절을 호소한 글이 이 시조다.

그는 죽어서 이미 백골로 화하여 아무도 찾는 이 없는 외로운

나그네인 황진이의 무덤에 예를 갖추어 찾았다고 하여, 후일 그의 정적(政敵)들로 하여금 좋은 공격의 자료를 삼게 하였지만, 임백호의 이 시조 한 수야말로 수백 년 지난 오늘에도 우리에게 황진이의 성가(聲價)를 알려 주는 훌륭한 자료가 아닐 수 없다.

그녀의 사람됨, 그녀의 용모, 가무, 시문, 그녀의 맑은 눈, 눈썹, 허리, 날아갈 듯한 그녀의 몸매, 머리끝에서 발끝에 이르기까지 그녀의 모든 것을 오늘날 전해 내려오는 바에 의해서만도 우리는 황홀하지 않을 수 없다.

그러므로 그녀는 한 개의 썩어 빠진 기생이 아니요, 미(美)를 아는 예술가이며 훌륭한 시인인 것이다. 그가 짧은 사십 평생에 남겨 놓은 오륙 수의 시조는 수많은 이조의 본격적인 시인들이 도저히 추종할 수 없는 시의 최고의 일품들이다.

황진이

2. 기구한 출생과 성장

　이조 오백 년을 통하여 문학과 예술이 최고도로 발달된 중종(中宗) 연간(年間: 어느 왕이 왕위에 있는 동안)에 황진이는 개성의 명화(名花 : 아름답기로 이름난 꽃)로 출생하였다. 그의 모친 이름은 진현금으로서 개성의 아전의 딸이었다. 그가 황진이를 출생한 만큼 그의 자색도 범연하지 않았다. 현금은 나이 열여덟에 이미 부풀 대로 부푼 처녀였다.

　날씨가 따뜻한 어느 봄날이었다. 새는 울고 꽃은 아름다움을 다투는 가운데, 고려조 오백 년의 옛 도읍은 수양버들 휘늘어진 속에 화란춘성 만화방창의 한참 좋은 시절을 맞이하였다.

송도는 비록 옛날의 도읍처인지라 고색이 창연하기는 하였지만, 무르익는 봄날과 함께 짙어 가는 꽃밭 속이기도 했다. 병부교(兵部橋) 다리 아래에서는 아낙네들의 빨래 방망이질이 요란하였다. 진현금도 그중에 섞여서 빨래를 하고 있었다. 옆에 있던 아낙네들이 소근거렸다.

"저 봐, 현금이 좀 봐! 한 해 겨울에 다 자라 버리고 말았어. 저 젖통, 저 허리!"

바람결을 타고 오는 여인들의 소근거리는 소리를 귓결에 듣고 얼굴을 붉히는 현금이었다.

이때 병부교 다리 위를 천천히 걸어가는 외모가 준수하고 풍채가 당당한 한 남자가 있었다. 그는 송도 황 진사의 아들이었다. 그가 다리 아래 빨래 터를 굽어 보자 그의 눈이 한곳에 얼어붙고 말았다.

'아아~ 절색이로군!'

이윽고 한참을 내려다보는 동안 현금도 다리 위를 쳐다보았다.

'과연 장부다운 사내!'

빨래방망이를 멈추고 잠시 동안 망연자실하는 현금이었다. 굽어보는 눈, 쳐다보는 눈이 작열하는 태양처럼 부딪쳤다. 현금은 무안하여 재빨리 얼굴을 돌리고 빨래를 시작하였고, 황진사의 아들은 그대로 망연자실하다가 어디론지 가 버렸다.

이미 해는 서산에 기울고 빨래하던 여인들도 하나둘 뿔뿔이 흩어졌다. 현금은 그 다리 위를 또다시 쳐다보며, 가 버린 이름 모를 사내를 그리워하고 있었다. 석양 붉은 노을이 옛 황성을 찬란히 비치었다. 현금은 빨래를 다 하고도 머뭇거리고 그 자리를 뜨지 않았다.

이윽고 총각이 나타났다. 곁으로 다가오는 것이 아닌가. 현금은 두근거리는 가슴을 진정하며 그를 쳐다 보았다.

"물을 좀 떠 주시오."

현금은 다소곳이 고개를 숙이고 개천가의 옹달샘에서 물을 떠다 주었다. 그는 그 물을 반쯤 마시는 듯하더니 나머지 반은 현금에게 주었다.

"이 남은 것 절반은 당신이 마십시오."

현금은 얼떨결에 두근거리는 가슴을 진정하면서 단숨에 마셔 버렸다.

"댁이 어딘지 같이 갈 수 없을까요?"

총각의 물음에 현금은 대답대신 눈매로 승낙했다.

이날 밤부터 총각은 매일 아전의 딸에게 다녔다. 두 사람은 결혼은 할 수 없었으나, 누긋한 사랑을 속삭일 수는 있었다. 그 후

일년 만에 현금은 고운 딸을 낳았다. 사흘 밤, 사흘 낮을 온 방에 향내가 진동하였다.

이름을 진이라 불렀다. 그는 커 갈수록 타고난 천생(天生)의 자질을 나타내기 시작하였다. 그는 용모만 어여쁠 뿐 아니라 타고난 성격이 활달주애(豁達無碍) 하였다. 어디 한 곳에 거리낌이 없었다. 가히 하늘과 땅 사이가 스스로 흥겨웁고 스스로 자유스러운 사람이었다.

나이 차 가매 이른바 경국지색(傾國之色)이라고들 이웃에서 떠들었다. 그는 후원에서 시서(詩書)를 공부하는 데 게으르지 않았다. 하나를 듣고 열 가지를 알고, 한 번만 보면 다 기억하는 대단히 총명하였다. 타고난 그 얼굴에 그 글재주였다.

그의 몸에서는 그가 출생할 때 모양으로 항상 푸른 향내가 진동하는 것 같았다. 단정한 모습, 아름다운 턱, 흐르는 곡선, 성장할 대로 장성한 황진이는 거기에다 교양과 지성의 아름다움까지 합쳐서 하나의 완성된 미(美)를 과시하고 있었다.

후원 초당에서 그날도 진이는 글을 읽고 있었다. 마당 앞을 지나는 구슬픈 상여 소리,

"어허 남차 어허허! 어허 남차 어허 응!"

상여군들의 발길이 진이의 집 앞에 당도하자 상여는 움직이지 않았다. 이곳에 한 총각이 있어 황진이를 사모하기 주사 야몽(晝

思夜夢 : 밤낮으로 깊이 생각하고 헤아림) 걷잡을 수 없는 상사의 일념은 드디어 돌아올 수 없는 병으로 불귀의 손이 되어 버렸던 것이다.

진이는 상여의 관곽 위에 친히 입던 속적삼을 덮어 슬프게 곡을 하였더니, 상여는 비로소 움직이기 시작했고, 그날로부터 진이는 크게 깨쳐,

'녹록히 한 개의 사내 품에 안겨 평생을 노리개가 될 수는 없다. 기생이 되어 천하 사람들의 완상(玩賞 : 즐겨 구경함)을 골고루 하게 하리라.'

이에 진이는 부모의 만류도 듣지 않고 기적(妓籍)에 몸을 던졌다. 그가 기적에 입적한 지 몇 달이 되지 못하여 천하의 놀음꾼들로 하여금 최고 최대의 흠모와 존경을 품게 하였다.

3. 국수 엄수의 황진이 예찬

황진이 한 번 기적에 몸을 던지매 오히려 그 높은 절조는 범속을 굽어 보았고, 그 도도한 인품은 시정잡배들이 넘어다볼 수 없는 바였다.

당시의 송도 유수(松都 留守) 송 씨는 풍류를 좋아하는 사람이었다. 한번 진이를 만나 본 후로 진이에 대한 대우가 놀라웠다. 진이를 사람 대우할 줄 아는 선비 가운데의 하나였던 것이다.

어느 날 그는 그의 첩 집에서 크게 잔치를 베푸는데, 송도의 숱한 기생들이 아름다움을 다투듯이 구름처럼 모여들었다. 주인과 객이 자리에 좌정한 후에 송유수는 황진이를 특별히 불러 옆에 앉게 하였다.

평소에 황진이의 선성(先聲)에 기가 질렸던 송 유수의 첩이 문틈으로 진이를 내다보다가 기겁을 해서 연회장에 뛰어들었다. 그는 황진이의 머리채를 휘어잡았다.

"이년, 뉘 옆에 앉아서 여우짓이냐? 냉큼 물러가거라."

잔치는 파하고 송유수는 첩을 질타하였다.

"누구를 망신시키는 것이냐?"

"그냥 두면 나으리께서 저 같은 것은 개밥에 도토리만큼도 여기지 않으실 것이요. 그렇게 황진이가 잘난 줄은 참으로 몰랐어요."

"네가 과연 어김없이 보았다."

그 후부터 송유수는 황진이와 자주 만날 수 없었다. 그만큼 송유수의 첩은 황진이를 두려워했다.

몇 해 후, 송 유수 모친의 환갑잔치 때였다. 만도의 기생과 노류장화들이 성장(盛裝 : 잘 차려입음)을 갖추고 그 성대한 잔치를 장식하였다.

황진이는 집에서 입던 옷차림대로 그냥 갔다. 수수한 매무새, 가식이 없는 진이의 아름다움은 자연 그대로 더 한층 빛을 발하였다. 송도와 그 부근의 지방 수령 방백들이 그저 한입으로 황진이를 칭찬하는 것이었다.

더욱 그의 고운 음성이 가릉빈가(伽陵頻迦 : 불경에 나오는, 사람의 머리를 한 상상의 새. 히말라야산맥의 설산에 살며, 그 울음소리가 곱고, 극락에

둥지를 튼다고 한다)의 소리처럼 울려 왔다. 만좌(滿座)는 모두 넋을 잃고 혼이 나갔다. 여러 기생들도 사내들 모양으로 정신이 없었다. 그저 황홀할 뿐이었다.

송 유수 자당의 잔치가 아니라, 황진이의 잔치 같았다. 진이를 바라보던 수령 방백 참석했던 나그네들이 모두 침을 삼키는 것이었다.

"저 여자와 한 번만 놀아 봤으면 죽어도 원이 없겠다."

"어림도 없는 소리 말게. 권력과 부귀의 힘으론 저 여자를 터럭 끝 하나도 만질 수 없다."

"옳은 말이야! 요전에도 장안의 갑부가 첩으로 오란 것을 거절했고, 세도 있는 양반 아무개가 진이의 집에서 술 먹고 자자고 했다가 쫓겨난 것을 아는가?"

그 자리엔 가야금으로 국수(國手)인 엄수(嚴守)라는 사람이 있었다. 그는 황진이의 용모와 황진이의 노랫소리를 듣고 옆의 사람들한테 소근거리는 말이,

"내가 오십 년 동안 화류장에서 놀았으나, 저런 품 높은 미인은 처음일 뿐 아니라, 그 고운 노래와 춤은 만고에 없을 것입니다. 분명코 하늘에서 무슨 선녀가 강림한 것일 거외다."

가야금으로 일국의 국수인 엄수의 이 한마디 말은, 진실로 황진이 예찬이 아니라 황진이를 바로 본 것뿐이라 하겠으니, 그는 분

명히 선녀가 아니라 인간이었기 때문이다. 오늘처럼 녹음할 수 있었다면 황진이의 고운 노래는 우리들 귀에 명곡처럼 들려올 수 있으련만 노래 한곡조 남아 있지 않으니 안타까울 뿐이다.

황진이의 명성은 한 나라를 뒤흔들게 되었을 뿐 아니라, 멀리 명나라까지도 그 성화가 자자했다. 한번은 명나라 사신이 조선에 왔다가 송도에 들렀다. 사신은 벌써 군중 속에서도 황진이를 발견하였고 그의 환영 잔치에 초대받은 황진이를 대하자 명의 사신은,

"중국이 넓다 하여도 이런 미인은 없습니다. 참으로 경국지색입니다."

하며, 황진이를 명나라로 데리고 가고 싶다고까지 하였다.

그의 명성은 점차로 높아 갔으나 그것은 그녀의 자색이 아름다운 데서만이 아니고, 그녀의 놀라울 만큼 뛰어난 훌륭한 인간을 사람들이 좋아한 때문이었다. 그는 세력 있는 관가의 잔치에는 성장을 하지 않고 대령하였으며, 불한당이나 경망한 놈팽이들과는 자리를 함께 하였다가도 분연히 차고 일어서는 것이었다.

4. 서화담과 지족선사(知足禪師)

황진이의 명성이 천하를 뒤흔들 때, 송도에는 화담(華潭) 서경덕(徐敬德)이 동방 이학(東方理學)의 오의(奧義 : 어떤 사물이나 현상이 지니고 있는 깊은 뜻)를 통달하여 깨닫고, 겸하여 나라에 벼슬하지 않고 지조 높은 생애를 보내고 있었으며, 송악산(松岳山), 지족암(知足庵)에는 만석선사(萬錫禪師)가 삼십 년의 도예(道譽)를 자랑하고 있었다.

황진이는 속으로 이 두 사람을 숭배하였고, 그 숭배의 염(念)은 존경과 사모의 생각을 겸하는 다른 생각으로 발전하였다. 두 사람의 높은 경지를 자기의 것으로 하고 싶었던 것이다. 진이는 먼저 화담 선생을 찾았다.

서화담이 빈말 없이,

　"그대가 황진인가? 이름이 헛되지 않구면. 그렇듯 공부하고 싶으면 내 곁에서 공부해 보게나."

　황진이는 그날부터 서화담을 모시고 곁에서 그의 가르침을 받게 되었다. 진이는 속으로 이제 되었구나 생각하고 화담에게 더욱 가까이 굴었다.

　그러나 서화담은 끄떡도 없었다. 그는 이미 자기의 안주처(安柱處)에 도달한 모양이었다.

　그러나 황진이는 자기의 사람으로 만들고 싶었다. 서화담이 유명하면 할수록 더욱 그러했다. 어떻게 하면 서 선생을 정복할까 하는 것이 진이의 상사일념이었다.

　어느 날 밝은 밤이었다.

　그때엔 벌써 진이는 그 능란한 수단으로 서화담을 측근에 모시고 있게 되었다. 같은 방에서 기거를 함께하였다. 진이는 화담의 곁으로 가서 그의 다리를 주물렀다. 호흡 소리 하나 들리지 않고 고요하다.

　진이는 당황하면서 오늘 밤엔 화담을 정복할 것을 노리고 돌진하여 저고리를 활활 벗어젖히니 불룩한 유방이 달빛 아래 가느단 곡선을 그리며 스치는데 화담은 그래도 완연한 돌부처다. 석불처럼 끄떡하지 않는다. 감각이 없는 목석이다.

그러나 황진이는 최후의 용맹을 발휘하여 저돌 맹진하는 것이었다. 달이 더욱 기울고 밤은 상당히 깊었다. 윗옷을 벗어 진이는 졸음을 참지 못하는 것처럼 화담의 곁에 누워 버렸다. 살과 살이 맞비벼졌다. 화담은 조용히 진이를 들어 윗목에다 자리를 옮겨 주는 것이 아닌가?

"고단한 모양이군!"

어느덧 화담도 잠이 들었다. 진이는 말뚱말뚱한 눈으로 화담의 호흡을 자기와 맞추어 본다. 훨씬 호흡이 느리다. 나이를 말하는 것이리라.

진이는 떨렸다. 고요한 자기를 상실할 줄 모르는 서화담! 그의 잠자는 얼굴은 과연 성스러웠다. 진이는 스스로 찬물을 온몸에 뒤집어쓴 것 같음을 느꼈다. 그는 남몰래 한숨 지으면서도 또한 스승의 높은 덕에 휩쓸려 들어가는 것이었다.

이튿날 아침 서화담은 황진이를 보고,

"오늘 아침엔 황진이의 솜씨가 더욱 맛이 있는 것 같군."

"한평생 그렇게 했으면 좋겠어요."

"망상(妄想)을 버려야 도가 높아지는 법?"

발그레해지는 얼굴을 잘 들지도 못하는 황진이였다.

한방에서 정다운 부부처럼 지냈으니 이웃과 모든 사람들이 그들을 의심치 아니하였다.

어느 날 진이는 화담을 보고,

"송도의 삼절(三絶)이 있는데, 서화담과 황진이와 박연폭포가 그 것이에요."

라고 말하니 화담도 크게 소리 내어 웃었다.

진이는 화담에게 실패한 애정의 표시를 지족선사에게 해 보고 싶었다.

어느 깊은 가을날 진이는 지족암으로 만석선사를 찾았다. 삼십 년을 지족암에서 참선한 그의 도력은 서화담보다 높으면 높았지 낮지는 않았다. 울긋불긋 단풍이 만산에 물들고 암자는 태고처럼 고요하였다.

진이는 지족선사의 옆에서 함께 참선하는 자기를 발견하였다. 선사의 일거수일투족 모두가 흐르는 사랑이었고, 넘치는 인간애 (人間愛)였다. 그것은 오십 평생에 갈고 닦은 수업의 결정이었다.

가을밤 창가엔 낙엽 소리가 소란하였다.

진이는 적이 인생의 허무함을 어찌할 수 없는 듯 지족선사의 곁으로 갔다. 선사는 여전히 고목 등걸 모양으로 요지부동이었으나, 그의 곁에선 이상한 향내가 진동하였다. 그것은 아마 요즈음 들어 화담 이후, 사내에게 주린 진이의 후각을 강렬하게 흔드는 남성의 체취인지도 모를 일이다.

황진이

황진이는 입정(入定)하고 있는 지족선사의 옆에서 무엇을 호소하고 있는 듯, 그러나 자기를 감추면서 입을 열었다.

"인생은 어디서 어디로 가는 것이리까!"

"생래일진청풍기(生來一陣淸風起), 사거징담월영침(死去澄潭月影沈). 나는 것은 한줄기 바람이 이는 것이요. 죽는 것은 맑은 못에 달 그림자 꺼져 감이니라."

장엄하고 장중한 목소리가 진이의 애정으로 얼크러진 번뇌와 망상을 씻어 주었다. 진이는 해맑은 정신으로 또다시 법열을 느끼면서,

"육신의 고초를 무엇으로 벗으오리까?"

"벗고자 하는 그 근본이 아름다운 것이니 굳이 벗고저 하지 말지니라."

황진이는 그 말이 신기하게 가슴을 울려 왔다. 지족선사의 우람한 두 팔이 순간 진이의 가는 허리를 휘어 감았다. 자못 진이는 감격할 뿐 아무 말이 없었다. 해죽이 미소하는 진이의 모습은 인간 영원의 미의 권화와 같았다. 그 아름다움은 아름다운 대로 하나의 종교였다.

지족은 그 꽃처럼 웃는 종교 속으로 들어가고 말았던 것이다. 그것을 역행하면 그것은 도가 아닌 때문이요, 더욱 종교의 위대한 창조는 미와 진(眞)을 겸하는 데 선(善)에의 완성이 보이는 까닭이리라. 꽃은 붉은데 꽃이 검어지면 안 되며, 물이 흐르는데 정지해

있으면 못 쓰는 법인 것이다.

벌이 울고 나비가 춤추고 새가 지절대는 것, 그것이 삼십 년 동안 지족선사의 인생으로서 불도를 닦아 온 최후 구경(最後究竟)의 땅이 아니었던가.

지족선사는 황진이의 청춘으로서의 욕망을 눈치채었고, 그것은 계박이 아니고 해탈에의 길인 것을 실천하였을 뿐이었다. 진이는 높은 스승을 또한 사람 발견하였다. 산사의 가을밤은 유난히 깊었으나 진이에게는 여간 짧은 밤이 아니었다.

황진이

5. 6년 간의 가정생활

뒷날 진이는 화담 선생을 보고 송도 삼절을 시정하였다.

"송도 삼절은 화담과 진이와 지족선사예요."

진이는 삼십이 넘도록 시집가지 않고 높은 절개와 서리 같은 향내로 일관하였다. 그러나 마음 맞는 사람을 만나면 마음과 육신을 함께 허락하는 것이었다.

황진이가 금강산을 찾았다. 천하의 명기가 천하의 명산을 찾은 것이다. 금강산에서는 이 생원을 만나서 함께 깊은 산을 속속들이 구경하였는데 중로에서 이 생원을 잃고는 그길로 지리산까지 유람하고 결식하면서 전라도 나주(羅州) 땅에 이르렀다. 때마침 나주 목사가 크게 연회를 베푼 자리에 남루를 걸치고 진이는 조금도 부끄러운 기색 없이 좌중으로 들어갔다.

"지나는 걸인이 노래 한 수 읊고 음식이나 얻어먹고자 들렀노라."

목사는 먼저 노래를 불러 보라 하였다. 비록 남루한 옷차림이었으나, 흔들리지 않는 그의 고운 모습을 보고 침범할 수 없는 기상을 느끼면서 부르는 노래를 귀담아들었다. 쟁반에 옥을 굴리는 소리다. 만좌가 미친 듯 잔치는 바로 이 걸인 여인의 독차지가 되어 버렸다.

나주 목사는 통성명을 청하였다. 진이는 끝내 이름을 숨길 수 없어서,

"황진이요."

라고 말해 버렸다. 이에 좌중은 크게 놀라면서 선비들은 진이를 만난 영광을 한평생 잊을 수가 없었을 것이다.

천 리 강산을 구경하고 송도 집으로 돌아오니, 마침 그때 천하의 호걸 남아인 선전관(宣傳官) 이사종(李士琮)이 황진이를 사모하던 차 일부러 송도를 찾아왔다. 그는 진이의 집을 찾지 아니하고, 천수원(天壽院) 개천 가에 말을 매고 그 밑에서 노래 한 곡조를 불렀다. 진이는 그 노래 소리를 듣고,

"이것은 보통 사람의 노랫소리가 아닌데, 명창이면 서울의 풍류객 이사종밖엔 없겠는데……."

진이는 이사종을 불러 물어보았다.

"댁은 뉘이신지요?"

"서울 사는 이사종이오."

"어쩐지 나도 그렇게 알았죠."

둘이는 그날로부터 취하였다. 몇 날 묵는 동안 갈라질 수 없이 되었다.

"그냥 헤어질 수 없는데!"

"어떤 거나요?"

"우리 살림을 해 봅시다."

"한평생 그러지 않기로 하였는데!"

"최후로 또 시초로 나와 삽시다."

"그럼 정말 육 년 동안만 삽시다. 육 년이 지나면 내 나이 사십이 되는데, 당신도 그맘때 쯤은 싫증도 날 것이고, 나는 나대로 또 하고 싶은 일도 있고……."

이사종은 족히 진이의 높은 뜻을 알 만한 선비였다. 그날로 진이는 송도의 집과 가장 집물을 모두 팔아서 서울로 옮기었다. 그러고는 삼 년 동안을 자기의 돈으로 이사종을 대우하였다. 그것은 참으로 훌륭한 주부였고 아름다운 여왕이었다.

어느덧 꿈속 같은 황진이와의 생활이 삼 년이 흘렀다. 그날 진

이는 이사종을 보고,

"오늘부터는 첩을 딴 곳으로 옮기고 겸하여 영감이 살림살이를 보살펴야 해요."

싫증나지 않게 변화를 부리는 진이의 놀라운 만큼 완숙한 지혜와 인격에 이사종은 감복하지 아니할 수가 없었다. 이사종은 종시일관 황진이와 부부 생활이 하고 싶었다. 그 영원한 사랑을 놓고 싶지가 않았다.

그러나 흐르는 세월을 어찌하랴? 또다시 꿈속 같은 삼 년이 흘렀다.

육 년의 마지막 되던 날,

"이제는 약속대로 헤어져야겠어요."

사종은 눈앞이 캄캄하였다. 영원한 사랑을 일순에 잊는 것을 알 수 없는 사종이었다. 진이의 허무주의를 어찌 이해할 수 있겠는가?

"이왕지사 살았으니, 우리 죽기까지 해로하기로 하면 어떠오?"

아쉬운 호소였다.

"그건 안됩니다. 이렇듯 아까울 때, 서로 그리워하면서 떠나는 것이 좋구요, 또 그리움이 있는 게 좋아요."

진이는 눈물을 흘리면서 고향 길을 재촉하였다. 벽계수를 달 밝은 밤에 농락해 본 것도 그 무렵이었다. 그는 사십 남짓해서 중병이 들자 일어나지 못할 것을 알고 유언하기를,

"내가 죽거든 깊은 산에 묻지 말고, 내가 평소에 많은 사람과 접촉하였은즉 길거리에 묻어 주며, 묻기 싫으면 그대로 개천가에 버려서 오작의 밥이 되게 해 달라."

라고 운명하였던 것이다.

그의 짧은 한평생은 그가 그리워하던 모든 남성에게 몇 수의 향기 높은 시조를 보임으로써 끝막았으니, 그의 고운 모습은 그 고운 시조 속에 아직도 숨 쉬고 있다 할 것이다.

동짓달 기나긴 밤의 한가운데 허리를 베어 내어
봄바람 이불 밑에 서리서리 넣었다가
고운 임 오신 날 밤이 되면 굽이굽이 펴리라.

3부

일지매

1. 천연정의 굳은 맹세

이조 명종대왕(明宗大王) 때, 화창한 봄날이었다.

명종이란 임금은 재위 불과 몇 해 안 되지만 훌륭한 임금이었다. 당대의 거물들을 모두 자신의 부하로 삼고자 하였으나, 하늘은 불행하게도 이 어린 임금에게 수(壽)를 주지 아니하였다.

화창한 봄날 낙화(洛花)를 아끼는 문인묵객(文人墨客)들이 지는 꽃을 서러워하여, 바야흐로 신록이 우거지려는 서대문 밖 천연정(天然亭)이라는 정자에 모였다. 봄은 무르익을 대로 무르익고, 하늘은 맑을 대로 맑고, 모인 사람들은 모두 당대의 인물들인 모양으로, 도도한 문장론(文章論), 시론(詩論), 동서고금의 모든 역사와 문학으로 담론이 풍발(談論風發)하였다.

일기 당천(一騎當千)의 쟁쟁한 문장과 식견들을 소유한 재사들인 모양이었다. 취흥이 도도해지매 모인 사람들은 모두 담론 풍발하여 그칠 줄을 몰랐다. 이날의 천연정은 마치 이들을 위하여 생겨난 것 같았다. 한 사람 한 사람이 모두 영웅이요, 호걸들이었다.

유주강산 다호걸(有酒江山 多豪傑)

무전천지 소영웅(無錢天地 小英雄)

술이 있어야 호걸이 모이고, 돈 떨어지면 영웅도 없는 것이었다. 술 있고, 명망 있고, 돈 있고, 위풍 있는 재사들의 모임이야말로 누가 그들을 당해 낼 것인가? 이날의 주인공은 새로 평안 감사(平安監事)로 부임하는 김상국(金相國)이었다. 다정한 친구들이 모여서 그를 위하여 축하의 잔치를 베푼 것이었다.

평안 감사는 외임(外任)으로는 모든 사람들의 선망(先望)의 표적이었다. '호강 감사'라고 불리우는 것이 평안 감사이기 때문이다.

수많은 기생과 처첩에 둘러싸여서 대대로 중국 무역으로 치부를 한 평안도 백성들을 토색하여 이십 사 개월을 지내면 한평생 먹을 것이 넉넉히 생긴다고 했다. 그러므로 외임으로 비록 내직(內職)의 판서보다는 훨씬 격이 아래지만, 잘 지내면 한평생 굶지 않고 먹을 것이 생겼으므로, 모두 제각기 이 자리를 탐내는 것이었다. 요새 말로 웬만한 빽으로는 그 자리를 얻어 하기 힘드는 자리었다.

더욱 팔도의 도백들이 모두 나락으로 보수를 받았지만 평안 감사만은 돈으로 받았고 아름다운 서도의 평양 기생들이, 모두 삼천 궁녀 모양으로 수청을 들 수가 있으니, 그 자리는 완전히 조그마한 제왕(帝王)의 자리와도 같았다. 남아(男兒)로 생겨나서 어찌 한번 해 보고 싶지 않으랴.

그러므로 평안 감사를 한등 지내고 서울로 와서 큰 잔치를 한번 하지 않으면, 그 집 대문에다 큼직하게 도야지 한 마리를 그려 놓는다는 것이 옛날로부터 전해 오는 풍습이었다. '도야지 모양 혼자만 먹는 놈'이란 말인 것이다.

평안 감사는 실로 침 흘리는 자리인데, 김상국(金相國)이 이것을 하게 되었던 것이다.

취흥이 도도할수록 모인 사람들은 제각기 떠들어 대었다. 웃고 마시고 떠들고, 노래하고 시 짓고, 하루의 해가 한나절이 훨씬 넘어서였다. 그중 제일 떠들던 젊은 풍류랑(風流郎) 한 사람이 자리를 굽어 보며 김상국을 향하여

"이 사람 상국이, 자네가 평안 감사로 부임한다니 한 가지 알려줄 말이 있네. 평양에 일지매(一枝梅)란 기생이 유명하다는 것을 알고 있는지? 어떻게 그가 아름다운지 온 평양 성중이 일지매로 말미암아 훤하다네. 그런데 그년이 어떻게 도도한 년인지, 역대 감

사의 수청을 모조리 거역하였다네. 매서운 년이란 말이야. 평양엔 곧잘 그렇게 매서운 년이 가끔 출생하거든. 어떤가, 이 사람 상국이. 이번 가면 한번 일지매로 하여금 수청 들리게 할 수가 있겠는가?"

다른 친구들도 모두 그 말에 침을 흘리고 들었다. 평안 감사가 된 김상국도 일지매 이야기는 들어 아는 모양으로,

"아, 일지매 말인가. 일지매의 선성(先聲 : 전부터 알려져 있는 명성)은 나도 잘 알고 있네. 이번에야 영락없지. 나 같은 영웅호걸을 제 깟 년이 어림 있나. 이번에는 수청 들리고 말고, 이번 가면 내 큰 소망은 일지매를 내 것으로 만드는 것일세."

"이 사람아, 선치 사또가 될 생각은 하지 않고 기생 수청들일 생각부터 먼저 하고 있네그려. 그렇지만 일지매가 자네쯤한테 고 이 정조를 바칠 상 싶은가?"

이때 옆에 앉아 있던 임백호(林白湖)가 출반좌(出班坐 : 여러 사람이 모인 자리에서 특별히 썩 앞으로 나와 앉음)하고 이야기를 꺼내었다. 그는 예조 참판을 지낸바 있는 천하의 풍류 남아였다. 그가 얼마나 풍류 남아였었는가 하는 것은 다음 일화로써도 알 수 있는 일이다.

일찍이 평안 감사로 부임하는 길에 그가 송도에서 황진이를 찾았으나, 송도 사람들이

"그녀는 벌써 갔는 걸요."(죽었는 걸요)

하자 언제 갔느냐 물으니,

"한 달쯤 될걸요."

한다. 임백호는 거의 울상이 되어, 술과 안주를 장만하여 가지고 진이의 무덤을 찾아서 술을 뿌리고 시조를 지었으니,

청초 우거진 곳에 자는가 누웠는가.
홍안을 어디 두고 백골만 묻혔는가.
잔 들어 권할 이 없으니 그를 설어하노라

하고 황진이를 조상했다가 간관들의,

"봉명하고 부임하는 자가 기생 무덤에서 치제(致祭)를 하다니."

하는 탄핵을 당한 일이 있었던 것이다. 그러한 임백호였다.

천하의 풍류랑 임백호가 지금 이 자리에 참여하였던 것이다.

"일지매! 상국이로는 어림도 없네. 자네가 권세(權勢)로 위협하여 수청 들릴려면 더욱 안 될 걸세. 또 자네가 황금으로 꾀인다 해도 그는 더더욱 안 된 것일세. 일지매는 상당히 도저한 기생이야. 암! 안 되고말고 일지매를 손아귀에 넣을 만한 사람은 임선생 백호밖엔 없을 거야. 으하하하! 어떤가? 나의 의견이?"

본시 호협하고 걸릴 데 없는 인물이었다. 그 웃음소리조차 호호탕탕하였다. 자신만만한 임백호의 발언이었다.

좌중은 모두 임백호의 말을 듣고 과연 일지매를 점령할 사람은 임백호밖엔 없거니 하고 생각되었다. 이십 전에 벌써 알성과(謁聖科)에 등과(登科)한 임백호였고, 황진이의 무덤에 치제까지 하였던 임백호였다. 김상국이 임백호의 말을 뒤받았다.

"아마 나는 나 자신을 반신반의해 보네, 일지매의 주인이 되어질는지 어떨는지? 만일 내가 일지매에게 실패하는 날에는 임백호형을 부를 테니, 그때 한번 와서 일지매를 후릴 자신이 있는가?"

"암, 그거야 물론이지. 자네가 안 된다면 내가 불원천리하고 평양으로 감세. 내가 한번 가기만 하면야 그까짓 일지매쯤 문제가 있는가. 일지매는 위무불능굴(威武不能屈) 부귀불능침(富貴不能浸)이라 위무와 부귀로서는 잘 안 될 것일세."

"만일 자네도 잘 안 되는 경우면 과연 어떻게 할 터인가?"

"그거야 우리 작정할 탓이지. 내가 만일 일지매를 함락 점령하지 못할 경우엔 평생을 두고 그대에게 호부(呼父)함세. 그 대신 내가 만일 일지매를 점령하게 되었을 때 자넨 어떻게 할 터인가?"

"그래, 그러면 자네가 만일 일지매와의 사랑을 완성할 때는, 여기 모인 우리 일당이 추렴을 해서라도 자네와 일지매와의 살림살이를 마련해 줌세. 우리 한번 그렇게 작정하고 실천해 보세."

하고 굳은 맹세가 이루어졌다.

2. 달밤의 지음(知音)

　김상국이 평양으로 부임한 지도 벌써 한 달이 지났다. 김상국은 은안백마에 거드럭거리며 온갖 풍류를 잡히고 기백(箕伯)으로 도임해 갔다. 그 위세와 그 호강은 이루 말할 수 없이 호화스러웠다.

　감사를 맞이하는 환영의 큰 잔치가 열리던 날 밤, 감사 김상국은 일지매를 불러 수청 들기를 명령하였다. 일지매는 감사의 명령을 즉석에서 거부하였다. 감사는 추상같은 호령을 하였다.

　"발칙한 년 같으니라고, 나의 명령을 거역한단 말이냐? 네깟 년이 얼마나 도도하다고 나에게까지 항거란 말이냐? 그래 모진 매 앞에 살점이 남지 않아도 나를 따르지 않을 테냐?"

　하얀 일지매의 얼굴이 파르르 떨리면서,

　"백 번을 죽인다 하와도 소인의 마음을 사로잡지 못하는 사또에겐 몸을 바칠 수 없오이다."

"이년아, 네 마음을 어떻게 하면 사로잡는단 말이냐?"

"그것까지야 쇤네가 어찌 아리까?"

이리하여 신임 평안 감사 김상국은 그 부임 최초의 계획이었던 일지매를 손에 넣는 데 성공할 수가 없었던 것이다.

할 수가 없었는지 감사는 일지매를 백방하고, 일지매가 어떤 자와 좋아 지내는가 그것만 사령을 시켜 감시하게 하였다. 그리하여 자기의 실패담과 아울러 서울 임백호(林白湖)에게 이 전후 사실을 전달하고, 곧 평양으로 내려오라고 하였다. 백호는 친구들과의 약속도 약속이려니와 장부일언 중천금(丈夫一言重千金)으로 한번 말한 바를 거절할 수도 없었고, 또한 일지매라는 앙큼스런 기생년을 한번 솜씨를 보여 주어야겠다고 생각하였다. 그는 김상국의 서한을 접하고, 훌훌히 행장을 수습하여 관서(關西) 길을 떠났다.

평양은 과연 아름다운 인물이 나올 만한 승지 강산이었으며, 그러한 승지 강산인 평양 같은 데 일지매 같은 인물 잘난 기생이 나올 법도 하였다.

임백호는 평양에 도달하여 우선 작전계획(作戰計劃)을 수립하였다. 정공법(正攻法), 측공법(卽攻法), 우회격법(迂廻擊法) 모두 있으나 어떻게 하면 이 난공불락(難攻不落)의 일지매라는 성곽을 함락할 수가 있을까 하는 것이 큰 문제였다. 호언장담한 바도 있는지라 임백호는 평양의 하룻밤을 곰곰이 생각하였으나 묘안이 생각나지 않았다.

위무불능굴(威武不能屈)

부귀불능침(富貴不能侵)

　진실로 일지매를 굴복시키는 데는 단 한 가지 묘방밖에 없다고 생각하였다. 그것은 일지매의 인간과 그 세계를 알아줌으로써 동등의 자격으로 그를 낚는 것이었다. 그는 하룻밤을 꼬박 전술을 발견하는 데 애를 썼다.

　그 이튿날 백호는 서울서 입고 온 화려한 옷들을 벗어 팽개치고, 폐포 파립(敝袍破笠)으로 평양 성중에 나섰다. 실로 임백호와 같은 풍류남아(風流男兒)가 아니면 도저히 할 수 없는 일이었다. 한 사람의 아름다운 여인의 마음을 낚기 위하여는 이렇듯 거창한 가장(假裝)이 필요한가 하고, 임백호는 제 자신 공소를 금하지 못하였다.

　그러나 자신만만한 임백호였다. 한번 뜻을 결한 이상 기어코 결단을 내고야 말겠다는 굳은 결의는 백호로 하여금 그렇듯 걸인 모양으로 꾸며도 조금도 후회케 하지 않았다.

　그는 평양 성중을 샅샅이 뒤졌다. 몇 날을 돌아다니면서 임백호가 조사한 것은 일지매의 집이었다. 그는 일지매의 집을 발견하자, 그 안팎의 구조를 모조리 조사하여 자세히 알아 놓았다. 그리고는 생선 장수로 변장하여 어물을 가지고 그 앞을 지나며,

"민어 사령, 광어 사령!"

하고 외치고 다니기 시작했다.

몇 날이나 생선 장수를 하였는지 이제는 진짜 생선 장수 같은 행색이 되었다. 이만하면 하고 임백호는 그날 저녁 무렵이 다 되어 일지매의 집 앞을 지나다가 문득 문을 두드렸다.

그러고는,

"생선 사령! 무엇이든지 다 있습니다."

하고 외쳤다. 안에서 곱다랗게 차린 계집아이가 밖으로 나왔다. 계집아이는,

"무슨 생선이예요?"

하고 물었다.

"무엇이든지 다 있죠. 민어, 광어, 방어 등 맛있는 것은 모두 있읍니다."

"한 마리 얼마예요?"

"한 냥씩만 냅쇼."

"방어 한 마리에 한 냥이에요? 무슨 고기 값이 그렇게 비싸요?"

"생신 값이 굉장히 오른 것을 모릅니다그려."

"아무리 올랐기로니 안 사겠어요. 가세요."

백호는 계집아이에게 바짝 달라붙었다.

"여보 아가씨, 야단 났오이다. 지금 날은 저문데 생선은 안 팔리고 어디라고 갈 데도 없고 하니, 행랑에서라도 하룻밤 자고 갈 수 없오? 내 큰 방어 두어 마리 드릴 테니…… 아가씨가 나를 동정해 주시오."

처음에는 계집아이도 시무룩하였으나, 방어 두 마리를 그냥 준다는 바람에 그냥 승낙하고야 말았다.

임백호는 거적대기를 한 장 빌려다가 행랑 문턱에 깔고 하룻밤을 드새고 가려고 하였다. 그러나 속으로는 다 심산이 있어서 하는 노릇이었다. 거적을 깔고 누워 큼직한 돌을 한 개 주워다가 베고 드러누우니 가위 어느 동양의 시인이 읊었다는,

天衾地褥山爲枕

月燭雲屏海作樽

大醉居然仍起舞

却嫌長袖掛崑崙

하늘은 이불, 땅은 요, 산은 베개로다.

달은 등불, 구름은 병풍인데, 바다는 술독이렷다.

크게 취하여 내 거연히 한 번 춤을 추매

저 크낙한 곤륜산이 옷소매에 걸릴까 귀찮아라.

도량도 이만해야겠고, 인생의 폭도 이만해야겠다고 임백호는 속으로 쓰게 웃었다. 여인 한 사람을 홀리기 위하여 이렇듯 고독한 짓을 하다니 하고 생각하니, 그는 또한 어색하였으나 다시 한 번 속으로,

"사내 대장부의 큰 사업이렸다. 사랑이라는 것은……"

하고 다시 뇌까려 보았다.

밤이 이슥해지니 달이 휘황했다.

베개를 베고 한 데 잠이 올 리도 만무했다. 고생고생하고 있는 판인데, 일지매도 달이 밝으니 잠이 오지 아니하는 모양으로 쌍창(雙窓: 문짝이 둘 달린 창문)을 사르르 열더니 밖으로 나왔다.

잠옷 바람으로 밖으로 나온 일지매는 과연 더욱 아름다웠다. 아름답다든지 곱다든지 하는 형용으로는 표현키 힘든 자태였다. 그냥 그대로 흰 달덩이였다. 고요하고 차가웁고, 매몰스러운 달덩이였다. 하이얀 달빛 아래 그것은 인간이라기보다 인간 이상의 깊이와 넓이를 가진 그윽한 미(美)의 권화였다.

임백호는 속으로,

'옳거니! 저만하니까 감사구 사또구 다 안중(眼中)에 없는 게지. 나는…… 오늘 저녁 과연 성공할 수 있을까? 도박이다. 한 번 해 보는 수밖에……'

일지매는 고요히 후원을 소요(逍遙 : 자유롭게 이리저리 슬슬 거닐며 돌아다님)하는 모양이었다. 사뿐사뿐, 그가 지나가는 곳마다 아름다운 향내가 물큰물큰 진동하는 것 같았다. 그 아름다운 사람하고 자기하고는 거리가 천만 리나 넘는 듯하였으나, 또 어찌 생각해 보면 지극히 가까운 거리에 놓여 있는 성싶었다.

후원을 걷고 있던 일지매는 달을 쳐다보더니 지극히 유감한 듯,

"거문고나 한 곡조 타 볼까."

하고 중얼거리더니 안으로 들어갔다.

한참 만에 일지매는 거문고를 가지고 밖으로 나왔다. 교교하고 휘황한 달빛이 마구 쏟아지는 아래를, 일지매는 사뿐사뿐 걸어서 마당 한가운데다 돗자리를 펴고 앉았다. 한참을 멍하니 달빛만 쳐다보던 일지매는 거문고 줄을 고르기 시작하였다.

줄을 고르더니, 거문고 소리는 울려오기 시작하였다. 학을 부르는 듯, 기러기를 꾀이는 듯, 거문고 소리는 달빛 휘황한 정원을 독차지하여 흘러갔다.

임백호도 거문고는 상당히 아는 터이었으나, 일지매의 거문고는 더 한층 수가 위인 것 같았다. 백호는 거적자리에 드러누웠으나, 일지매의 곁이 사뭇 그리워 견딜 수가 없었다. 그러나 잠시만 참자 하고 드러누워서 기회를 기다리고 있었다.

한동안의 황홀한 거문고 소리는 실로 학을 부르는 듯하였고, 모든 선비는 혼자 간직한 듯하였다.

거문고 소리가 적이 가경(佳境 : 한창 재미있는 판이나 고비)으로 들어갈 때 임백호는 피리를 꺼내 들고 불기 시작하였다.

처음에는 좀 가늘게 불어서 거문고 소리를 따라가는 듯하였다. 그러다가 차츰 거문고 소리가 높아지매, 피리 소리 또한 쫓아서 높아졌다. 둥당 둥당 두둥당 둥당! 소리와 발을 맞추는 듯, 피리 소리 또한 헛짚는 바가 없었다.

일지매는 이윽히 거문고를 타다가 귀를 기울이는 듯하였다. 무슨 소리가 거문고를 쫓고 있음을 발견한 모양이었다. 계면조(界面調)의 높은 소리였지만 말할 수 없이 조화가 붙어서 거문고 소리와 피리 소리가 서로 무한한 조화를 이루었다.

백락천(白樂天)을 울리던 심양강(陽江上)의 비파 소리가 그렇게 울려왔을는지 모른다. 거문고 소리와 피리 소리가 한참을 어울리는 속에 문득 먼저 거문고 소리가 그치더니 일지매의 낭랑한 음성이 들려왔다.

"애야, 밖에 좀 나가 보고 온! 참 이상한 소리가 다 나는구나"

조금 있다가 계집아이의 신발 끄는 소리가 짤짤 울려왔다. 그러곤

"손님!"

하고 불렀다.

임백호가 자는 체하고 대답 대신 코를 더욱 크게 고니, 계집아이는 거적 위에 누워 있는 임백호를 흔들었다. 임백호는 자는 체하다가 하는 수가 없어서 놀라서 깨는 것처럼 '응!' 소리를 지르며 반몸을 일으키어 계집애더러

"이 밤중에 웬일이오?"

라고 물었다.

"손님이 지금 피리를 부셨어요?"

"피리가 웬 피리요?"

"여기서 누가 부는 것 듣지도 못하였어요?"

"나는 여지껏 자느라고 듣지도 못하였소."

임백호가 생파리같이 잡아떼니 계집아이는

"별 이상스러운 일도 다 많네."

혼자 중얼거리며, 안으로 들어가서 일지매에게 무어라고 이르는 모양이었다.

한동안 족히 지난 뒤에 거문고 소리가 다시금 나는데, 이번에는 곡조도 평화스러운 평조(平調)거니와 청이 먼저보다 훨씬 낮았다.

거문고로 피리를 자아내어 들으려고 줄 소리를 짐짓 줄이는 것이 환(무슨 일의 조라나 속내가 또렷하다)하였다.

임백호도 이번에는 역시 청을 낮추었다. 거문고에 맞추어 피리를 불기는 불되 멀리서 부는 것 같이 들리도록 작게 하였다. 소리만 내지 않을 뿐, 온갖 재주는 그대로 다 내었다. 빠른 듯 거문고를 싸 주기도 하면 느린 듯 거문고를 돋우어 주기도 하여, 장단 한 점 빈 구석이 없었다.

거문고 소리는 끊어질 듯 끊이지 않고 곡조를 다 마치었다.

곡조가 끝난 뒤 임백호는 처음 누웠을 때와 같이 얼굴만 거적 밖에 내어놓고 드러누워, 안에서 무슨 소리가 나는가 하고 마음으로 기다리며 귀를 기울였다.

대문에 가벼운 신발 소리가 나는 것 같아서 임백호가 머리를 잠깐 쳐들고 바라보니, 아이년이 앞서고 그 뒤에는 후리후리한 키에 얼굴은 마치 달덩이 같은 젊은 일지매가 따라 나오고 있었다.

임백호는 자는 체하려고 하느니보다는 누워 있기가 겸연한 생각이 나서 눈을 감았다. 신발 소리가 거적 옆에까지 와서 그치고 소근소근 속살거리는 소리가 들릴 듯 말듯, 나더니 아이년이 먼저,

"나으리!"

하고 불렀다. 임백호는 그제야 짐짓 깬 체하고

"아가씨가 나를 깨웠소?"

"네, 나으리 일어나세요."

"나으리가 무슨 나으리요."

"우리 아가씨께서 임백호 영감 나으리신 줄 다 아셨어요."

아이년 말 끝에,

"존전에서 아씨가 다 무어냐?"

일지매는 나직히 나무라고 임백호는 임백호대로,

"아씨는 아씨거니와 영감 나으리가 다 무어냐?"

하면서 껄껄 웃었다. 천하의 풍류객을 천하의 명기(名妓)가 알아

본 것이었다.

"아무리 모르고 한 일이라도 찬 이슬 내리니 그만 일어나셔서

안으로 들어가시기 바랍니다."

"내 행색이 그만 탄로난 모양일세."

임백호는 일지매를 보고 한번 웃은 뒤 거적 자리에서 툭툭 털

고 일어나 안으로 따라 들어갔다.

안방에 들어와서 먼저 임백호가 앉고, 일지매는 한 팔 짚고 절

하고는 옆에 와서 앉아 말끄러미 임백호의 얼굴을 바라보고 말은

하지 아니하였다.

"맨상투 바람이 꼴이 우스운가?"

임백호가 웃는 말에 일지매가 고개를 살래살래 흔들고,

"꿈에라도 한 번 뵈옵고 싶던 나리께서 제 집에 오시다니 아무

리 생각해두 꿈속만 같습니다."

하고 말하는데, 정이 말 밖에 넘쳐 흘렀다.

"내가 이번에 자네의 거문고 소리를 들으려고 일부러 왔네."

"여기를 언제 오셨습니까?"

"이삼 일 되었네."

"그런데 의관은 어떡허시구요? 길에서 도적을 만나셨나요?"

"자네게 와서 과객 행세하려고 폐포 파립을 얻어 가지고 왔지."

"나리께서 저를 농락하셨군요. 그러나 제가 거문고 그만두고 일찍 잤던들 하룻밤 한데서 주무 실뻔하셨습니다 그려."

"내가 피리만 한 번 불면 자네가 자다가라두 뛰쳐나올 줄 알구 있었는걸."

"처음 계면조 불 때는 본 사람이 없어서 어리석은 소견에 혹 신선이 내려와서 저를 희롱하나 생각하였지만, 나중 평조 부실 때는 아이년이 울 틈으로 망도 보았고, 또 제 맘에 짐작도 나서 나리께서 오신 줄 알았습니다."

이런 수작들을 하고 있을 때에 늙은 여편네가 건넌방에서 건너와 임백호를 보고,

"일지매의 어미올시다."

하고 인사한 뒤에 일지매더러,

"나 좀 볼까?"

하고 모녀 같이 마루로 나갔다.

"약주 대접할라느냐?"

"약주는 가서 받아 오지만 안주를 어떻게 할라느냐?"

하고 공론하는 말을 임백호가 방에서 듣고

"여보게 일지매, 술을 줄라거든 안주는 푸새김치라도 좋으니, 따로 장만할 건 없네."

하고 말하였다.

그리하여 일지매가 노상 임백호의 앞에 붙어 앉으니 공연히 소리내어 웃기도 하고 정답게 가만가만 이야기도 하는 중에 일지매의 어미가 술상을 차려 들여보냈는데, 술은 소주요 안주는 푸성귀뿐이었다.

임백호는 소주를 즐기지 아니하였지만 권에 못 이겨서 두어 잔 마신 뒤에 일지매더러,

"자네두 한 잔 먹게."

하고 일지매의 손에 든 주전자를 달라고 하니

"저는 술을 접구(接口: 입에 대다)도 못한답니다."

하고 일지매는 주전자를 내놓지 않았다.

"술이란 운에 먹는 음식인데 나 혼자야 무슨 맛인가. 나두 고만 먹겠네."

"안주 없는 술이나마 한두 잔 더 잡수시지요. 제가 대작 않는 대신으로 노래를 부르겠습니다."

"참말 자네가 시조며, 시를 잘 짓는다는데 그려 하나 지어 불러 보게."

"잘 짓고 못 짓고 간에 지으시라면 짓겠습니다."

일지매는 시조를 생각하느라고 얼마 동안 잠자코 있다가,

"할 말이 없는 듯 많고, 많은 듯 없어서 시조가 안 됩니다. 웃음 거리로 들어 주시오."

하고 말한 뒤 단정하게 앉아서 시조를 불렀다.

"상공(相公)은 높은 어른 이내 몸은 하향천기(遐鄉賤妓) 지기라 입에 담아 일컫지는 못하오나 정에는 위아래 층이 없아올 듯합니다."

"자네 수고를 갚기 위하여 나도 되나 마나 시조 한 수 지어서 화답함세."

"시조 부르실 때, 제가 거문고를 어우를까요?"

"좋은 말일세. 장단이 잘 맞지 않거든 거문고를 타 주게."

"그렇게 말씀하시면 그만두겠어요."

"자네가 어울러 주지 않구 그만두면 나두 부르지 않구 그만두 겠네. 그러지 말구, 거문고를 이리 가지고 오게."

일지매가 거문고를 가지고 앉아 줄을 퉁기며, 고르고 있을 때 임백호가 시조를 부르기 시작하였는데, 거문고 소리가 곱게 흘러

서 남청의 웅장한 맛을 더 돋구어 주었다.

　그대의 높은 재주 귀에 쟁쟁 들었기로

　그대 한번 보랴 하여 천 리 원정 예 왔노라.

　그대가 싫다지 않으면 함께 놀다 가리로다.

　임백호가 시조 삼장을 다 부르고 나니 일지매가 한시 한 구를 읊는 것이었다.

　錦衾誰與共

　비단 이불을 뉘와 더불어 함께 할른고,

　임백호가 다시 얼른 받았다.

　客枕一隅空

　나그네 목침이 한 옆이 비었도다.

　임백호가 짝을 채우고 나서,

　"종장의 사의가 자네 맘에 드는가? 싫다고 하지 않을 텐가?"

　하고 물으니, 일지매는 말없이 방그레 웃었다.

　"싫다구 않으면 여기서 자구, 싫다면 더 늦기 전에 가겠네."

"거적자리로 나가시겠단 말씀이예요? 거적은 하마(벌써) 집어치 웠습니다."

"나를 여기서 재우려면 좀 일찍 자게 해 주게."

"네, 그러십시오."

아직 촛불은 켜 놓은 채 임백호는 피리를 불고 일지매는 시조 를 읊었다.

이날 밤이 어닌 밤가 어른님을 뫼시도다.

종 없이 웃고 싶고 하염없이 울고 싶다.

아마도 기쁨 때문에 미칠 듯만 하여라.

일지매가 옷을 훌훌 벗었다. 발그레한 유방이 촛불 아래 드러났 다. 나이는 다소 들었지만 아직 대쪽 같은 절개로 유명한 일지매 였다. 아무도 아직 그 복사꽃 빛 유방을 어루만져 본 사람은 없는 것이다.

"그만 누우십시오."

일지매의 목소리가 약간 떨려 나왔다.

"자네두 눕게나."

"나으리 먼첨 이불 속으로 드십시오."

"어디 인심이 혼자만 먼저 들어갈 수 있는가."

"인심 쓰시는군요."

하고 일지매는 또 한 번 방그레 웃는데, 그 웃는 눈에서는 정염(情炎)의 불꽃이 뚝뚝 떨어졌다. 사십 대의 임백호와 이십 대의 숫처녀 기생 일지매…… 신방과 같은 밤은 그윽히 깊어 갔다.

"촛불을 끄게나."

"그냥 둬도 좋지요."

"달빛이 흘러들걸."

"촛불보다야…… 오늘 밤만은 화촉을 밝히는 밤이라면서요?"

"그야 그렇지만…… 달빛만 못하니."

"그러면 끄겠어요."

일지매가 머리맡의 촛불을 입으로 불어 끄느라고 몸을 이불 밖으로 약간 내어놓을 때 그 탐스런 유방이 임백호의 볼을 스치었다. 임백호는,

'젖꼭지가 예쁘기두 하다!'

하고 크게 감탄을 하면서 유방을 바라보았다.

일지매는 촛불을 끄고 드러누워서는 좀처럼 자지 않고 그냥 말똥말똥 눈을 뜨고 있었다.

하룻밤의 정랑과 정부의 그 다함 없는 정화(情話 : 남녀가 정답게 이야기를 주고받음)를 무엇으로 표현하랴? 옛사람이 이르기를

"단산(丹山)에 봉황이 넘나들고 녹수(綠水)에 원앙이 희롱한다."

하였거니와, 그러한 말도 이 밤의 깊이를 설파(說破)하지는 못한 것이리라. 하여튼 일지매는 생전 처음 보는 처녀의 문을 상실하였고, 풍류객 임백호는 처녀로서의 일지매를 자기 소유로 하고 말았던 것이다.

이튿날 아침이었다. 임백호와 일지매가 아직도 원앙금침 속에서 포근한 꿈을 깨기도 전인데, 난데없는 사령과 포교의 떼들이 풍우처럼 들이닥치었다. 그러더니 다짜고짜로 임백호와 일지매를 포박하여 감영으로 압송하는 것이었다.

평안 감사 김상국은 일지매가 자기의 수청을 거부하자,

"어느 놈에게 네가 수청을 드는가, 어디 두고 보자."

하고 벼르다가, 어물 장수하고 동침하였다는 보고를 받고는, 즉시로 포박하여 오라고 엄령을 내렸던 것이다.

하룻밤의 꿈속과 같은 달콤한 밤도 포리(捕吏)들의 무지스러운 오랏줄을 지고 감영으로 붙잡혀 가니, 임백호는 다 알고 있었지만 일지매는 다소 질린 모양이었다.

선화당에 붙잡혀 온 남녀를 국문하려던 평안 감사 김상국은, 붙잡혀 온 사람이 다른 사람 아닌 임백호인 것을 알고는, 한 번 놀라지 않을 수 없었고, 또한 반갑지 않을 수 없었다.

"일지매란 년이 어물장수와 통하였다기에 포교를 시켰더니, 천하의 풍류남아 임백호 선생인 줄이야 꿈엔들 알았겠나? 과연 자네 고금에 드문 풍류랑(風流郎 : 풍치가 있고 멋진 젊은 남자)일세 그려."

일지매는 더욱 속으로 반가웠다. 신임 평안 감사와 정랑(情郞 : 여자가 남편 이외에 정을 둔 남자) 임백호가 친구라는 것은 얼마나 마음 든든한 바냐?

김상국은 일지매를 앞에 놓고,

"네 어찌하여 나에겐 수청을 거부하고, 저 임백호에게 몸을 허락하였느냐?"

하고 농조로 물어보았다. 일지매는 해죽이 웃으면서,

"지극히 황송하오나 사또께서는 아무런 절차도 밟으심이 없이 소첩더러 수청을 들라고 하셨습니다. 그것은 위협이지 어디 사랑입니까?"

"이년아! 어물 장수가 돼야만 사랑이 있느냐?"

"그렇다고 말씀할 수도 없사와도, 음률을 아심이 높으시고 문장 또한 높으시니, 그를 좇지 아니하고 누구를 좇사오리까?"

"우하하핫! 과연 명기(名妓)가 분명하다. 이제 두 사람이 무한 풍류로서 만났으니 어찌 배필이라 하지 않으랴. 그 짝에 그 풍류로다."

이에 평안 감사는 그날 크게 큰 잔치를 열고 평양이 떠나가라

하고 그들을 축하하였다.

서울 천연정(天然亭)에서 맹세하던 친구들이 이 소식을 감사의
서한으로 듣고, 서로 추렴을 내어 임백호와 일지매의 사랑의 보금
자리를 마련하여 주었다.

임백호가 신혼부부 모양으로 일지매를 데리고 평양을 출발하
여 서울에 오니, 서울에서는 이미 그들이 거처할 아담한 집 한 채
와 살림 제구(諸具)가 마련되어 있었다.